魔球

マキュウ

東野圭吾

HIGASHINO KEIGO

王蘊潔　譯

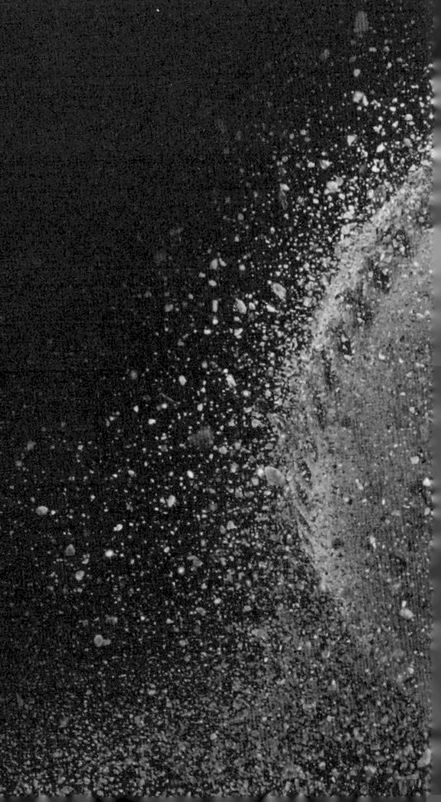

來自推理界的一致好評

*按姓名筆劃序排列

自從東野圭吾宣布，以後新作品不再授權中文版後，對於不懂日文的書迷來說，東野的小說是讀少見少，越來越珍貴。

《魔球》雖然比不上日後作品的成熟洗練，解謎部分也有許多粗糙與牽強之處，卻對人性中難以簡單一刀切割的模糊灰色地帶的探索，和著重在犯罪人物的心理狀態之描摹描寫，已有了大致的雛形。

好的犯罪推理小說能讓人享受解謎之樂趣，然而，優秀的推理小說卻能讓人在謎題解開之後，更深入思考，「究竟一個人爲了什麼原因，要如此大費周章地犯罪？」犯罪動機與犯案手法兩者之間，必須是「正比」關係，才眞能令讀者折服！

某種程度上來說，《魔球》可以當作東野圭吾小說的「原型機」來看待。日後許多小說都能看見《魔球》的身影隱藏其間，堪稱是東野從生澀邁向成熟的關鍵一冊！

——敦南新生活版主／ZEN大

東野寫出了棒球選手以及其他任何運動選手都可能面臨的殘酷現實，以悲劇的方式呈現出高中棒球的陰暗面。

——**推理作家／冷言**

以日本高中棒球界爲題材的推理小說，透過錯綜複雜、懸疑萬分的情節，深刻敍述了一名天才投手的孤獨寂寞、對棒球的熱情，以及面對生命的方式。對於棒球生態有一定程度的描繪，推理過程更是有著抽絲剝繭的樂趣，不到最後無法窺知全盤眞相。本作延續東野圭吾的「寫實派本格」風格，編織謎團之餘仍著重人性情感的刻畫，讓人在讀畢之後強烈感受到情緒的衝擊。喜愛棒球、推理的讀者絕對不容錯過的精采佳作。

——**推理作家／林斯諺**

導讀——

在起跑線之前

島田莊司推理小說獎得主／陳浩基

如果您是東野圭吾的忠實書迷，對他的寫作生涯瞭若指掌、能如數家珍地談論他每一部作品的風格的話，您不妨跳過這篇導讀，直接閱讀正文。我相信，《魔球》不會讓鍾情東野圭吾的您失望。

然而，如果您是因爲看過《嫌疑犯 X 的獻身》或《流星之絆》等影視作品而產生興趣，開始閱讀原作小說從而認識東野圭吾這位作家的話，我想本篇文章可以讓您更瞭解他的創作歷程，以及《魔球》的背景。

我的一位熟悉日本出版界的朋友說過，對日本人來說有兩個獎項特別與衆不同，一個是諾貝爾文學獎，另一個是簡稱直木賞的直木三十五賞。它們跟其他獎項不同之處並不在於地位的高低，而是「大衆的認知程度」。諾貝爾獎是國際級的獎項，得主自然備受全世界的人注視，而直木賞得主在日本社會亦同樣矚目，一位作家只要拿到直木賞，他的名字就會變得家喻戶曉，躋身暢銷作家之列。

東野圭吾在二〇〇六年憑《嫌疑犯X的獻身》獲得第一百三十四屆直木賞，這讓他的名字從書迷擴展至日本社會各階層，以他的作品改編的電影和電視劇集一部接一部上映，從沒間斷。

雖然東野圭吾的作品引爆熱潮，但他的成功之路比不少成名作家坎坷。即使不提他那著名的「十五次落選」紀錄，只著眼他的得獎經歷，也相當發人深省。東野圭吾在一九八五年以《放學後》獲得第三十一屆江戶川亂步賞，之後在一九九九年憑《秘密》取得人氣突破，獲第五十二屆日本推理作家協會賞，接著在二〇〇六年得到直木賞，奠定今天的地位。《嫌疑犯X的獻身》更在二〇〇六年摘下了「五冠王」的美譽，除了直木賞外，同時獲得第六屆本格推理大賞，以及在三個推理排行榜上稱雄。或許您覺得這成績表並不糟，沒有什麼「坎坷」，但我想說，請留意一下東野圭吾首奪兩個獎項之間的時間——他得到首個頭銜「江戶川亂步賞」後，相隔十四年才獲得第二個獎項。

且讓我先說一下江戶川亂步賞的由來。江戶川亂步賞創立於一九五四年，設立目的爲推動日本的推理小說創作風氣、發掘優秀的新人作家。和推理作家協會賞或直木賞等獎勵該年已出版的優秀小說不同，江戶川亂步賞是一個徵文獎項，得主除了獎座和獎金外，作品更會由講談社出版，是新人一登龍門、躍進推理文壇的最佳入場券。東野圭吾在得到江戶川亂步賞後，就專心一志寫作，辭去工程師的工作，成爲全職作家，然而直至取得人氣突破的《秘密》前，他一直只能默默耕耘，跟「暢銷作家」的名號無緣。雖然這段期間他沒有停下創作的步伐，但他的作品不斷地落選各項小說獎，銷量亦不大理想。我們可以只用百餘字輕鬆道出他這段經歷，再補上一句「苦盡甘來」，但從東野圭吾的角度來看，他在這漫長而沉重的十四年間唯一可以做的，就是努力創作，嘗試不同的風格，祈求得到讀者（和書評家）的青睞。

東野圭吾今天的作品，累積了他二十多年的寫作經驗。他的多產和作品的多樣性源自這些磨練，在屢敗屢戰、再接再厲的逆境下，打通了邁向成功的道路。曾幾何時，「東野圭吾路線」是「一直參賽、一直落選」的代名詞，不過今天我們知道，這條路線的終點（或許不是終點而是中途站）有著美滿的成果。有人說，想認識一位作家，不妨細讀他的成名作，因爲他是從該篇作品「出發」。如此說來，獲得江戶川亂步獎的《放學後》應該可以稱爲東野圭吾的「起點」。

那麼，本作《魔球》呢？是東野圭吾「起跑」後的早期作品嗎？

沒錯，是早期作品，但不是「起跑後」，而是「起跑前」。

東野圭吾以《放學後》獲得第三十一屆江戶川亂步賞前，曾投稿參加第二十九屆和第三十屆的賽事。第一次投稿通過了二次預選，第二次參賽，則入圍最終候補——這部「最終候補」的作品，就是《魔球》。《魔球》在東野圭吾憑《放學後》出道後，於一九八八年修稿後由講談社出版。

《魔球》是一部以高中棒球與殺人事件交織而成的青春推理小說。故事時空設定在一九六四年，那一年日本加入經濟合作與發展組織，東京主辦第十八屆奧林匹克運動會，世界第一條載客高速鐵路東海道新幹線通車，巨人隊的王貞治創下單季打出五十五支全壘打的日本職棒紀錄，電影院上映著《摩斯拉對哥吉拉》的怪獸特效電影。榮景和蕭條迅速交替，民間充滿著對未來的憧憬，也彌漫著幾分不安，社會上仍有不少清貧的家庭，但只要抓緊機會，窮困的人也能找到通往富裕的途徑。對戰後的日本社會而言，相較於之後經濟穩定成長的「成熟」期，這是一段青澀的「青春」時期——《魔球》的幾位年輕主角，就是在這個時代揮灑著汗水和淚水，經歷著既無情又珍貴的青春歲月。

如果說讓東野圭吾踏入推理文壇的青春推理小說《放學後》是「起點」，那《魔球》就是他站在起跑線之前的投影。或許本作不如作者後期的作品那麼成熟，但讀者可以從中看到東野圭吾開始寫作時流露出來的熱情，那是一種不經修飾、洋溢著青春與雄心，期待藉著推理小說在文壇上大展拳腳的氣魄。

我收到編輯邀請寫這篇導讀的信件時，剛好看到東野圭吾憑《嫌疑犯X的獻身》英文版獲提名角逐二〇一二年度愛倫坡獎（The Edgar Awards）最佳小說的新聞。這是繼二〇〇四年桐野夏生的《OUT主婦殺人事件》後第二次有日本推理作品入圍，無論《嫌疑犯X的獻身》最後有沒有得獎（您讀到本文時大概已有分曉），我也能說，東野圭吾已經跑到國際的賽道上，跟歐美的推理作家切磋，讓世界各地的讀者留意他的作品。在這時候，閱讀這部起跑線前的《魔球》，饒富趣味，也讓我們一窺這位世界級作家在起跑前的身影。

目錄

序章

マキュウ

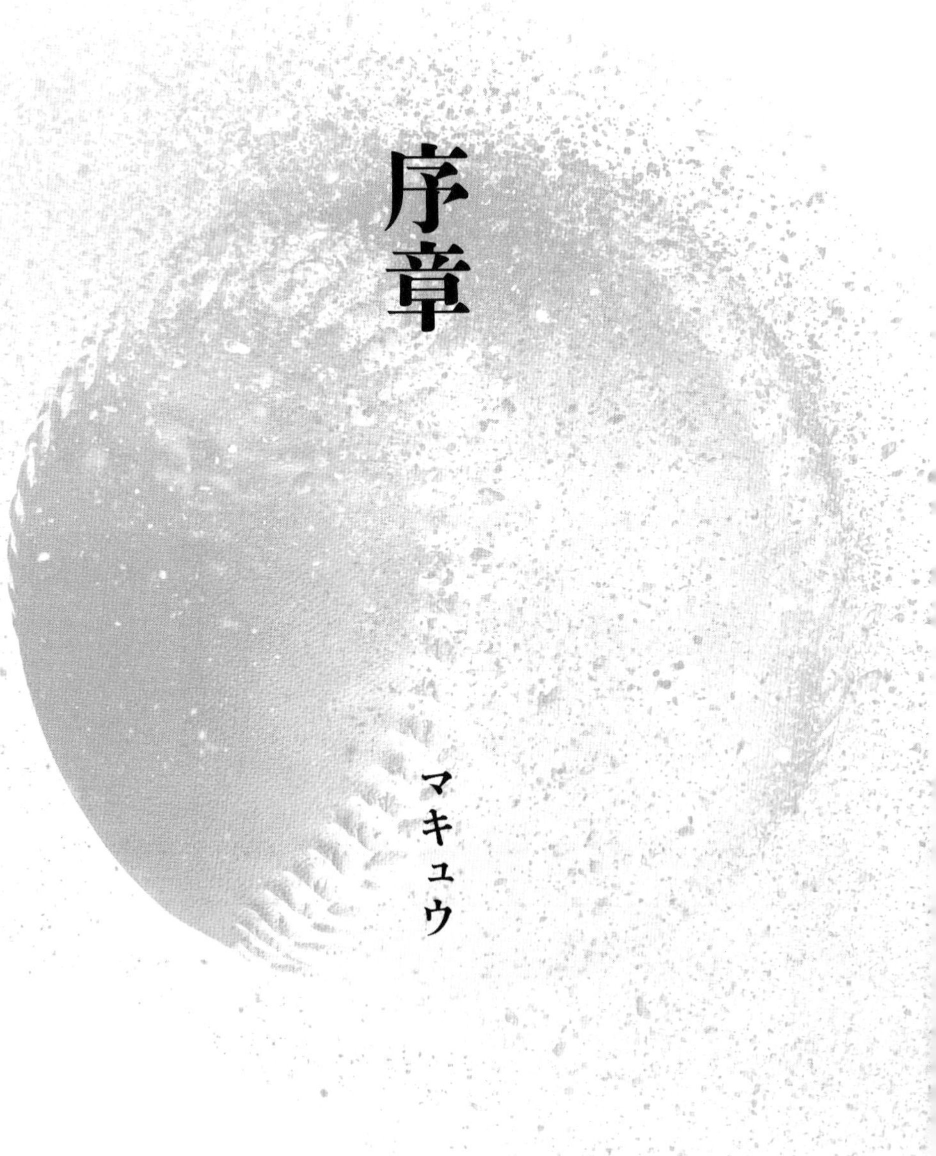

春風拂過腳下。

一九六四年三月三十日——

須田武志站在投手丘上。

那不是普通的投手丘，必須具備某種程度的實力和相當的運氣，才能站在這裡。

武志用釘鞋鞋底踢了土丘兩、三次，一邊踢，一邊輕聲低語：「難道運氣到此爲止了嗎？」

武志並不討厭危機，他覺得危機就像爲了獲得快感而進行的投資。那種寒毛直豎的緊張感也不壞，更何況不經過危機的磨練，就沒有成長的可能性。

他抬頭深呼吸，將視線移向周圍。

眼前的狀況很簡單。

九局下半，兩人出局滿壘。武志就讀的開陽高中暫時以一比零領先亞細亞學園，但只要被擊出一個安打，對手就會反敗爲勝。這是廣播節目中的球評可以充分發揮的局面，一定早就顧不得口乾舌燥，嘰哩呱啦地說得口沫橫飛。

武志再度審視球場。各壘上都站著對方跑者，每一個選手看起來都比自己球隊的野手更成熟。

眞傷腦筋。他雙手扠腰嘆了一口氣，已經無路可退了。

得知對戰的球隊是最具冠軍相的大阪亞細亞學園時，武志覺得自己運氣太好了。

因為，他認為這是向世人展現自己的實力，讓職業球探另眼相看的理想對手。只有夠大的格局，才能瞭解一個人有多大的能耐。

他的秘密計畫直到前一刻還大獲成功。今天早上的報紙也大肆宣傳，這次選拔賽中最有看頭的，就是頭號投手須田武志如何面對亞細亞學園的強力打線。比賽前便在無意間聽說，好幾個球探都來看這場比賽。接下來，只要徹底壓制住亞細亞的打線就大功告成了，針對這個目標，目前也已經成功了百分之九十九。

對手隊的打線完全跟不上武志的投球節奏，一而再、再而三地揮棒落空，簡直就像在彈奏沒有調過音的鋼琴。在八局之前，只打出兩支安打，而且都因下一位打者的內野滾地球而雙殺出局。目前是最後的九局下半場。

武志正打算在投手丘上得意地哼歌時，比賽情況發生了微妙的變化。

首棒打者擊出一個沒什麼力道的高飛球，三壘手接到之後，球居然掉了。這種根本沒有氣勢，簡直就像老狗撒尿般的球，怎麼可能掉？無論如何，失誤已成為不爭的事實。武志難以置信地看著三壘手，三壘手也一臉莫名其妙，盯著自己的手套。

三壘手緩緩走了過來，拍了拍球上的泥土，把球遞給武志。「因為看到看台上的白色衣服。」

武志默默接過球，眼神從三壘手身上移開，重新戴好帽子。三壘手似乎在等待武志說話，但發現他無意開口後，轉身跑回守備的位置。

其他野手也分別回到各自的守備位置，一切似乎都恢復了原狀，唯一的不同，就是壘上有跑者。

下一位打者打了一個觸擊短打。那是一個規規矩矩的觸擊短打，目的就是無論如何都要讓跑者繼續上壘。

當游擊手漏接了第三位打者的滾地球後，情勢突然變得詭異起來。雖然二壘跑者還在原位，但已有跑者進入得點圈，一壘上也有人，對手有了反敗爲勝的機會。擔任捕手的主將北岡跑到投手丘召集了內野手，告訴大家保持鎮定，目前比分暫時處於領先，即使對方拿下一分，也沒有輸——

幾個內野手因爲害怕而表情僵硬，又像是在生氣，武志覺得應該兩者皆是。至今爲止從未感受過的緊張，和剛才觀衆持續不斷的大聲聲援，讓他們脆弱的精神瑟縮起來。他們一定很生氣，爲什麼自己會遇到這種情況。

不一會兒，野手分頭跑開，各就各位。

野手解散之後，武志三振了上場的打者，但這也成爲引發危機的原因。野手看到兩名打者出局，才剛鬆了一口氣，就在這時被打出一支絕妙的安全觸擊。

雖說是絕妙的一擊，卻並非無法妥善處理的球，但三壘手好像被雷打到似的站著不動，呆然地看著球輕輕滾過三壘線上。

球場爆發出歡呼聲，氣勢洶洶地向站在球場正中央的武志襲來。由於有本地球隊參賽，所以觀衆席根本沒有一壘側和三壘側之分，對大部分觀衆來說，武志只是一個可恨的敵人。

於是，就形成了眼前的局面——九局下半，兩人出局滿壘。一旦被擊出再見安打，對方就會反敗爲勝。

武志看向三壘側的看台。在幾乎都是本地球迷的觀衆中，有一小群好像污漬般可憐兮兮的人，那是從千葉鄉下趕來爲他們聲援的加油團。武志知道他們座位前方垂下的布幕上寫著「開陽高中必勝」幾個字，但布幕翻了起來，結果什麼字都看不到了。

坐在最前面的應該是校長鬍鬚光。武志曾經看過他身上這套爲這次比賽特別新做的灰色西裝，他在激勵會時也穿過。鬍鬚光的綽號來自校長是頂上無毛的光頭，但留著鬍子，武志不難想像，在眼前的情況下，校長引以爲傲的鬍子恐怕也嚇得發抖。

觀衆的歡呼比剛才更大聲。

武志轉頭一看，發現第四棒打者津山正站上打擊區。津山長得虎背熊腰，球棒在他手上顯得特別短，他像野獸般的雙眼似乎對武志充滿憎恨。

捕手北岡再度要求暫停，跑向武志。

「來了一個難搞的？怎麼辦？」

他拿下面罩，抬頭看著武志。北岡比一百七十七公分的武志矮幾公分，但身材很壯碩。

「真想保送他。」武志回答，「我最不擅長那種人。」

「如果保送他，三壘跑者就會回來得一分。」

「這樣我們就沒機會贏了。」

北岡把手扠在腰上瞪著武志說：「不要開玩笑。要讓他打嗎？還是力求三振？」

武志瞥了一眼野手的方向，和剛才失誤的游擊手四目相接。游擊手趕緊移開視線，用右手的拳頭用力敲著手套。

「那就力求三振吧？」

北岡猜透了武志的心思。武志聳了聳肩，代替了他的回答。

「ＯＫ！」

北岡戴上面罩跑回本壘的方向，在戴上手套之前，豎起右手的食指和小拇指，大叫一聲：「兩出局。」

比賽繼續進行。

武志再度打量打擊區內的第四棒打者。聽說他是職業球探相中的重點選手，體格的確架式十足，打擊能力也很強。武志今天被擊出的兩支安打都是出自他之手，輕輕擊出的球巧妙地穿越野手之間的空檔，這並不是每個人都能夠做到的。

武志看到北岡的暗號後點了點頭，用眼神牽制了三壘跑者後，快速投出了第一球。打者沒有揮棒打擊這個外角低球，裁判以很有力道的聲音宣布是好球。看來這場比賽並非只有選手和觀衆緊張而已。

武志的第二球、第三球也都瞄準相同的角度，但似乎有點偏了，被判爲壞球。

武志把第四球投向津山的胸前。津山似乎等待已久，用力一揮，球剛好重重地落在後方的擋球網上，分毫不差。津山只是剛好沒打到而已，他卻懊惱地以球棒敲打著自己頭盔的帽簷。

他會擊出安打——武志心想。

這並不是實力的優劣問題，也無法預測下次對戰時的情況，但今天他會擊出安打。武志認爲投手和打者之間存在一種超越一般人類能力的預感。

照這樣下去，他會擊出安打——

接著，武志投了一個內角壞球。北岡把球丟還給他時，向他點了點頭，完全符合他的預期。

向三壘投出兩個牽制球後，武志視線回到打擊區，津山依舊氣魄十足地死盯著他。武志嘆了口氣，瞄向北岡給的暗號。

他要求武志投一個外角低角度直球。

武志點了點頭，做出投球的動作。不光是今天，至今爲止，他從來沒有不按北岡的指示投球。一方面因爲北岡的指示幾乎都正確，即使偶爾判斷錯誤，別人也打不到武志的球。

但是今天不一樣。

津山粗壯的手臂和球棒已經準備好迎戰武志全神貫注投出的球，擊球的時機拿捏得相當正確，球瞬間從武志視野中消失。

武志將視線移往球可能飛向的一壘線上，一壘手趴在壘包後方兩、三公尺處，右外野手在他身後呆然地注視著在界外區滾動的球。

線審在右外野手旁雙手高舉張開，判定爲界外球。

整個球場都嘆著氣，似乎有一股暖流飄過投手丘上方。

北岡再度要求暫停，跑向武志。數公尺之外，就可以看到他臉色蒼白。傳令員從休息區跑了過來。

「領隊說，就放手讓他打吧。」

也是候補投手的傳令員臉頰有點抽搐。

武志和北岡互看了一眼，輕輕閉了一下眼睛後，對傳令員說：「你轉告領隊，我知道了。」候補選手跑向的休息區內，根本沒想到有機會打進甲子園的森川領隊像頭熊一樣走來走去。

「如果放手讓他打，」武志把玩著手套中的球，看著北岡的臉，「你覺得會有什麼結果？」

「以領隊的立場，他只能這麼說。」

北岡垂著眉尾，露出爲難的表情。「你沒有自信不讓他打中嗎？」

「我有自信不讓他打中球心，」武志回答，「但你剛才也看到那個大猩猩般的揮棒和打擊吧？萬一球往前飛就完蛋了。雖然很想說，我信賴自家隊員的防守，但大家都一臉不希望球飛到自己面前的表情。」

「士氣很低落。」

「他們早就沒士氣了。」

「你有什麼打算？」

「這個嘛，」武志看著自己的指尖，然後把視線移回北岡的臉上。「可以按照我喜歡的方式去做嗎？」

「可以啊。」北岡回答。

武志把球在掌中轉了幾下後，用棒球手套掩著嘴，小聲地把自己的意見告訴了北岡。北岡訝異地皺起眉頭。

「什麼意思？」

「別管這麼多了，可不可以按照我說的去做？」

「但是……」

這時裁判走了過來，催促他們快點結束。北岡終於下定決心，用力點了點頭。

「好，就這麼辦。」

北岡跑回本壘，主審宣布比賽繼續進行。

武志用力深呼吸。

九局下半，兩人出局滿壘——過了這麼久，狀況仍然沒有改變。

武志做出投球的固定姿勢，警告了壘上的跑者。在他投球的同時，他們就會起跑。雖然也有牽制出局的機會，但跑者離壘包都不遠。一方面是因爲打者是津山的關係，再加上他們瞭解武志很擅長投牽制球。

武志的注意力集中在打者身上。

敵隊加油團的歡呼聲在耳朵深處響起。

一飛沖天！津山！所向無敵，喔喔！

「繼續鬼叫吧。」

武志聚精會神地投出那一球。

乍看之下像是慢速直球。

津山皺著一張臉，用猛烈的速度揮動球棒。看我的——他心裡一定這麼想。然而下一剎那，他的身體失去平衡，用盡渾身力氣揮動的球棒沒有打到球，因爲揮棒時用力過度，他整個人跌坐在地上。

津山難以置信地看著落空的球棒。

然而，更加難以置信的事情發生了。

球在北岡的手套前揚起一陣塵土，轉眼之間，已經滾到擋球網附近。北岡在零點數秒後才認清眼前的事實。

武志離開了投手丘，北岡丟下面罩追著球跑。跑者衝進了本壘。歡聲和混亂中，北岡終於追上了球，回頭看向武志，但武志沒有舉起手套。

北岡也沒有丟球。

第二名跑者前身滑壘成功。

亞細亞學園的球隊和看台的觀眾陷入狂喜之中，一片紙花飄過站在原地的武志和北岡之間。

北岡似乎輕聲說了什麼，但武志聽不到他的聲音。

武志雙手扠腰，仰望天空。天空是灰色的。

——明天要下雨了。

然後，他脫下帽子。

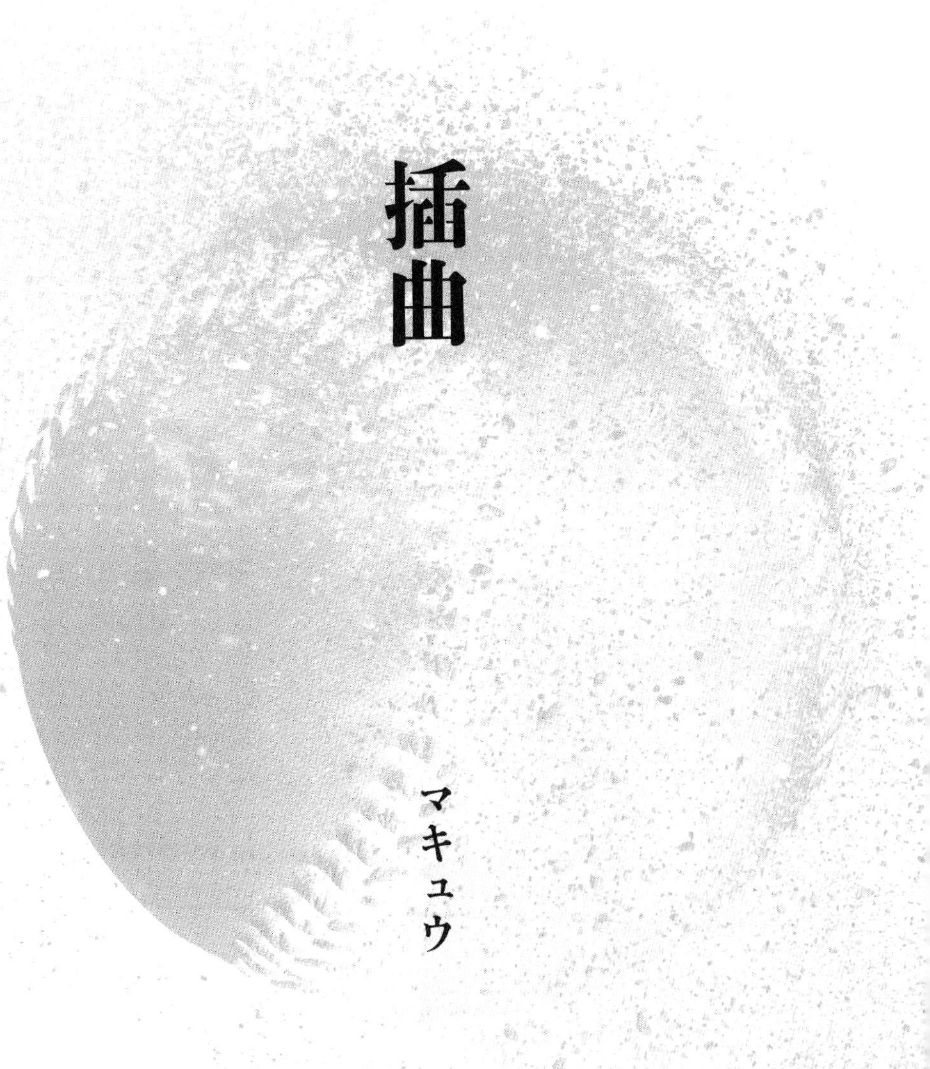

插曲

マキュウ

三月二十三日星期一，俗稱爲春季甲子園的高中棒球春季選拔賽將在五天後舉行。

東西電機資材部的臼井一郎大清早就肚子不舒服。坐在辦公桌前，下腹部週期性地疼痛，根本無心工作。但他不願意上班鈴聲剛響就跑去廁所，忍耐了十分鐘才終於起身離開座位。

廁所就在資材部辦公室的左側，木門上方的窗戶嵌著霧玻璃，上面用油漆寫著「男用廁所」。臼井匆匆推門而入。

裡面有兩個小隔間，其中一間的門上貼了寫著「故障」的紙，臼井咂了一下嘴，推開另一間的門。這家公司的廁所很容易故障。

一走進去，臼井再度嘖了一聲。他走進的那個隔間內，衛生紙剛好用完了。於是打開「故障」那一間的門，準備把那裡的衛生紙拆下來。

這時，他發現角落放了一只黑色的手提包。

——這是什麼？

臼井覺得不太像修理工的包包，然而他並沒有太在意。因爲那時候沒心情理會那麼多。

中午過後，臼井又去了一次廁所。那個隔間的門上仍然貼著「故障」。他好奇地打開門一看，黑色手提包仍然放在那裡。

那是一只黑色的舊皮包。

他微微偏著頭，並沒有伸手去拿。

直到他第三次上廁所時，才感到事情不太對勁。以前廁所發生故障時，從來不曾那麼久都沒人來修理，而且那只褪色的手提包維持和今天早晨相同的狀態，不像有人動過。

——是誰忘記帶走了嗎？

臼井打量著它，上面並沒有像是名片之類的東西。

他終於下定決心打開包包檢查一下。既然從一大早就放在這裡，也不能怪別人侵犯隱私打開檢查。

當手伸向皮包的拉鍊時，腦海掠過一絲不祥的預感，但他還是緩緩地拉開了拉鍊。

當天下午四點三十分左右，島津警察署接到報案電話，東西電機總公司內被人放置了炸彈。炸彈設置在五層樓的辦公大樓的三樓男廁內，資材部資材一課的課長臼井一郎發現了這顆炸彈。

警方在離現場稍遠處的會議室內向臼井聽取當時的情況，負責審問的是千葉縣警總部搜查一課的上原和篠田，上原三十歲左右，身材壯碩，瘦長臉。篠田比他年輕幾歲，或許是有點發福的關係，看起來比較沉著穩重。

調查時是由上原發問，篠田負責記錄臼井的回答。根據筆錄，臼井第一次發現包包是在上午八點五十分左右。

「那個廁所附近經常有人走動嗎？」上原問。

「對，」臼井用手帕擦著根本沒有流汗的額頭回答，「因爲就在資材部的入口旁邊，又離樓梯很近……上班時間的人特別多。」

「幾點上班？」

「八點四十分上班，所以在這個時間之前，來往的人會很多。」

「這個時間應該有很多人會上廁所吧？」

「對。」

「所以，其中有一間壞了，廁所不是更擠嗎？」

「對，但我剛才問了辦公室的人，那時候好像還沒有貼那張『故障』的紙。」

「原來是這樣，」上原點了點頭。「這麼說，歹徒是在八點四十分到五十分期間設置了炸彈，然後貼了那張紙。」

「對，應該是這樣。」

臼井帶著幾分確信的口吻說道。

「當時，現場附近沒什麼人吧？」上原問。

「那個時間人最少。」

臼井用充滿自信的口吻說道，「剛上班就去廁所會引起上司的注意，而且今天是星期一，每個部門都會開五到十分鐘的朝會。」

「喔……」

聽到臼井的話，上原陷入了沉思。

根據臼井的證詞，歹徒挑選了絕佳的時間放置炸彈，如果是計畫犯案，代表歹徒很可能對公司內部情況有相當程度的瞭解。

「這是貴公司的制服嗎？」

上原指著臼井的上衣問。白色的上衣胸口繡著紅色的「TOZAI[1]」字樣，上原發現其他員工也都穿著相同的衣服。

「喔，你是問這個嗎？對，我們稱爲工作服。」

臼井拉起上衣的刺繡部分給他們看。

「什麼時候換衣服？」

「到公司後就馬上換了。」

「這麼說，開始上班時，大家都已經換好衣服了嗎？」

「是的。」

「如果有人沒穿工作服，就會很明顯吧？」

1.「東西」的日文羅馬拼音。

「也不至於很明顯，如果是熟面孔就不會太在意。如果是陌生人，或許會覺得奇怪。」

上原默默點了兩、三次頭，如果歹徒是很瞭解公司內情的人，應該不可能忽略這一點。

「呃……」

或許是因爲上原陷入了沉默，臼井戰戰兢兢地開了口，「那個怎麼樣了？好像妥善處理了……」

「那個？喔，你是說炸彈嗎？」

上原抓了抓鼻翼。得知皮包裡裝的是炸彈後，所有員工都從建築物中撤離，還出動了消防車，引起很大的騷動。爆裂物處理小組在衆目睽睽之下檢查了炸彈。

「目前正在調查。總之，那個炸彈不會有爆炸的危險，不過炸彈裡放了好幾根炸藥，所以也無法說是安全的。」

「呃，請問不會有爆炸危險是指……？」

「我們目前也不太清楚。」

上原冷淡回應，似乎阻止臼井繼續發問。

調查結束後，上原和篠田向臼井道謝，走出辦公大樓，向正門的方向走去。正門旁有一間警衛室，裡面有兩名警衛。上原走進警衛室打招呼，比較年長的警衛出來接待他們。雖然他頭髮花白，但身材高大，看起來很強壯。上原想起之前曾經聽說，東西電機的警衛是陸軍的退伍軍人，個個都是狠角色。

「公司以外的人出入時，都是怎麼檢查的？」

「要出示身分證明，並在訪客簿上填寫資料以交換許可證。離開時，要將許可證歸還。」

警衛回答了上原的問題。

「怎麼區分公司內外的人？」

「基本上，遇到沒有穿工作服的人，我們都會詢問他的身分。」

「上班時間呢？即使是員工，也沒有穿工作服吧？」

「上班時間就無法一一核對了，如果要求所有人都出示身分證明，就會造成混亂。」

他的語氣似乎在說，誰管得了那麼多。

「所以，在上班時間過後，當沒穿工作服的人出入時，你們就會檢查嗎？」

「當然。」警衛微微挺起胸膛。

「上班時間內穿工作服的人——公司內部的人會經常出入這裡嗎？」

「經常啊，去各地工廠的人都會經過這裡。」

「你們會叫住他們嗎？」

「不會，」警衛有點生氣地回答，「如果每個人都要叫下來盤問，整天都問不完了。」

「你們記得今天上班時間後，離開這裡的人嗎？」

上原問道，警衛一臉不耐地看向身旁比較年輕的警衛。年輕的警衛目不轉睛地看著手上的記事本，似乎不想和這件事扯上關係。

「謝謝。」

上原沒有等他們回答就站了起來。

回到警察署，上原向桑名組長報告了調查的情況。炸彈的鑑識結果大致已經出爐，桑名向他說明。

「鑑識小組認爲，如果目的只是惡作劇，似乎有點太大費周章了。」

桑名看著報告，開口的第一句話就這麼說道。

「惡作劇……是什麼意思？」

「歹徒並不打算引爆。」

桑名把黑板拉了過來，拿起粉筆。「炸彈分爲炸藥和點火裝置兩個部分（圖1），點火裝置的開關構造是這樣的（圖2），一旦A點和B點接觸，就會點火引爆。」

「這個構造眞奇怪。」年輕的篠田戰戰兢兢地插嘴說。

「根據鑑識意見，好像只是簡單的定時裝置。」

說著，桑名在圖中接觸點A和B之間畫了一團東西。

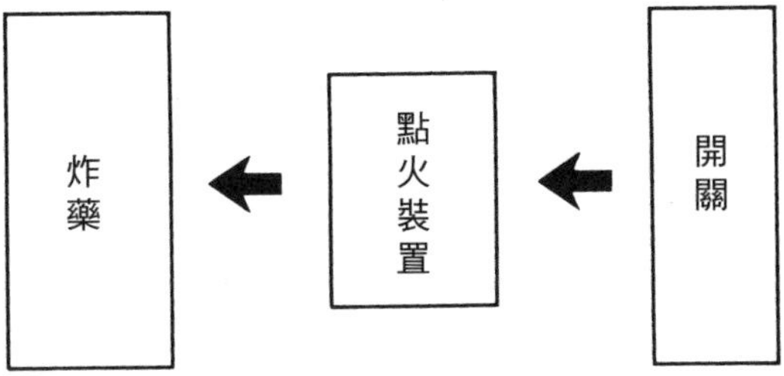

圖 1 炸彈構造

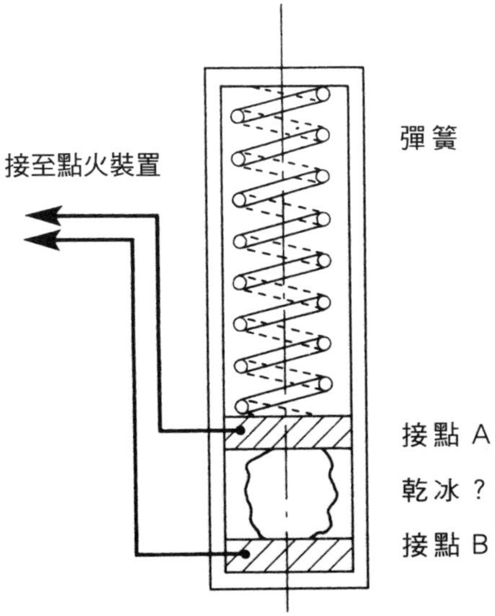

圖 2 開關構造

「如果把乾冰夾在中間，時間一到，乾冰昇華，A和B就會接觸。」

「原來是這樣，可以用乾冰的量調整時間。」

上原抱著手臂看著圖，語帶佩服地說。「歹徒不打算引爆是什麼意思？」

桑名清了清嗓子說：

「就是兩個接觸點之間夾的不是乾冰，而是破布。」

「破布？」上原和篠田異口同聲地說。

「對，所以永遠不會爆炸，鑑識報告才會說太大費周章了。」

「眞奇怪。」

上原偏著頭感到納悶。他無法瞭解歹徒的想法。如果是開玩笑，未免太危險了，對歹徒來說也是如此。

「炸藥方面有沒有調查到什麼結果？」

上原改變了發問的方向。

「炸藥的來源還要繼續追查，總共有六根硝酸銨的炸藥，還有雷管，詳細情況是——」桑名低頭看著報告，「A化成公司的新型硝酸銨炸藥和六號混合雷管，導火線是N化藥生產的速燃導火線，點火裝置是用包覆點燃火藥的白金線和低壓電源做成的。」

篠田迅速記了下來，上原斜眼看著他，嘆著氣說：「的確，以惡作劇來說，眞的太大費周章了。」
「我也這麼覺得。」桑名撇著嘴，點了點頭。「不過，在思考這些問題之前，要先調查這些東西的來源。」
「包包方面有沒有線索？」上原問。
「已經查到了製造廠商，但這種包包在全國各地賣了很多個，恐怕很難指望從包包查到什麼線索。至於指紋，目前只查到發現炸彈的人留下的。」
「是喔。」
上原把頭倒向左右兩側，肩膀輕輕發出咔、咔的聲音。「我認為是和東西電機有地緣關係的人所為。」
「你是指對內部情況很瞭解的意思嗎？」
「對，而且歹徒有東西電機的工作服。我剛才也提到，如果沒有穿工作服，就會引起其他員工的警覺，警衛也會格外留意。」
「可能是離職員工，或是在職員工……」
「還有可能是他們的朋友……」
「但這麼做到底有什麼目的？」
篠田突然在一旁插嘴問道，上原和桑名互看了一眼。
他們對這個問題都沒有答案。

炸彈騷動的一星期後，上原他們接到島津派出所的報告，說車站附近有一個遊民穿著東西電機的工作服。島津車站是離東西電機最近的車站，上原和篠田一起前往那個派出所。

名叫天野的年輕警員接待了他們。他有一雙小眼睛，看起來親切善良。

「聽那個遊民說，他是在一個星期前撿到的，我想到那起爆炸案，所以才會聯絡你們。」

天野抬頭挺胸，連聲音都很緊張。

「可不可以看一下那件工作服？」上原問。

「好，請等一下。」

天野走去裡面的房間。

上原在旁邊的椅子上坐了下來，桌上的收音機開著，似乎正在轉播高中棒球比賽。

「是開陽的比賽。」

篠田把音量調大時說道。開陽高中代表本地參加高中棒球比賽。「今天是第一場比賽，一下子就遇到具有冠軍相的亞細亞學園，運氣眞差。」

「但目前贏對方，一比零。」

天野拿著一個包裹從裡面的房間走了出來，「須田的投球果然威力十足，亞細亞也毫無招架之力。」

「是喔，太厲害了。」

上原一邊回答，一邊調低收音機的音量。他也知道開陽高中的須田這個名字。

「這個投手眞的很厲害，先不談這個，這就是那件工作服。」

天野在上原他們面前打開包裹，從裡面拿出一件發黑的上衣，胸前的確繡著「TOZAI」幾個字，如果沒有那幾個字，應該無法辨認出是東西電機的工作服。

「他在哪裡撿到的？」

「他說上個星期一在車站的垃圾桶裡撿到的，就是發生爆炸騷動的那一天。」

「記得眞淸楚。」篠田說。

「他們對這種事記得很淸楚，甚至知道星期幾，在哪家店的垃圾桶裡撿了什麼東西，眞的很厲害。」

天野語帶佩服地說。

「所以，工作服應該是更早之前丟的……」

「可能是前一天的星期天或是星期六。」

聽到篠田他們的討論，天野突然開了口。

「不，我認爲應該是星期一丟的，」他的語氣充滿自信。「這些遊民每天都會去翻垃圾桶，如果找到什麼好東西，當天就可以賣出去。」

「原來如此。」

上原接受了年輕警員的意見，他說得很有道理。而且上原認爲，如果這件工作服是星期一丟的，有相當大的可能就是歹徒丟的。

「那個遊民目前人在哪裡？」

他問天野。

「就在附近，他們都有各自的地盤，稱爲指定席。要不要我帶他來？」

「麻煩你了。」

天野走出派出所後，上原再度檢查了像破布般的工作服。上面當然沒有名牌，衣服上散發的惡臭應該是遊民穿過的關係。

「我覺得好像可以看到。」上原喃喃地說。

「啊？」篠田問。

「歹徒的身影。我似乎可以看到歹徒穿了這件工作服，大搖大擺地走出大門的身影。」

說著，上原把桌上收音機的音量調大，立刻聽到球評的慘叫聲。

「一球大逆轉成定局，這也成爲令整場表現都相當出色的須田飲恨的最後一球。」

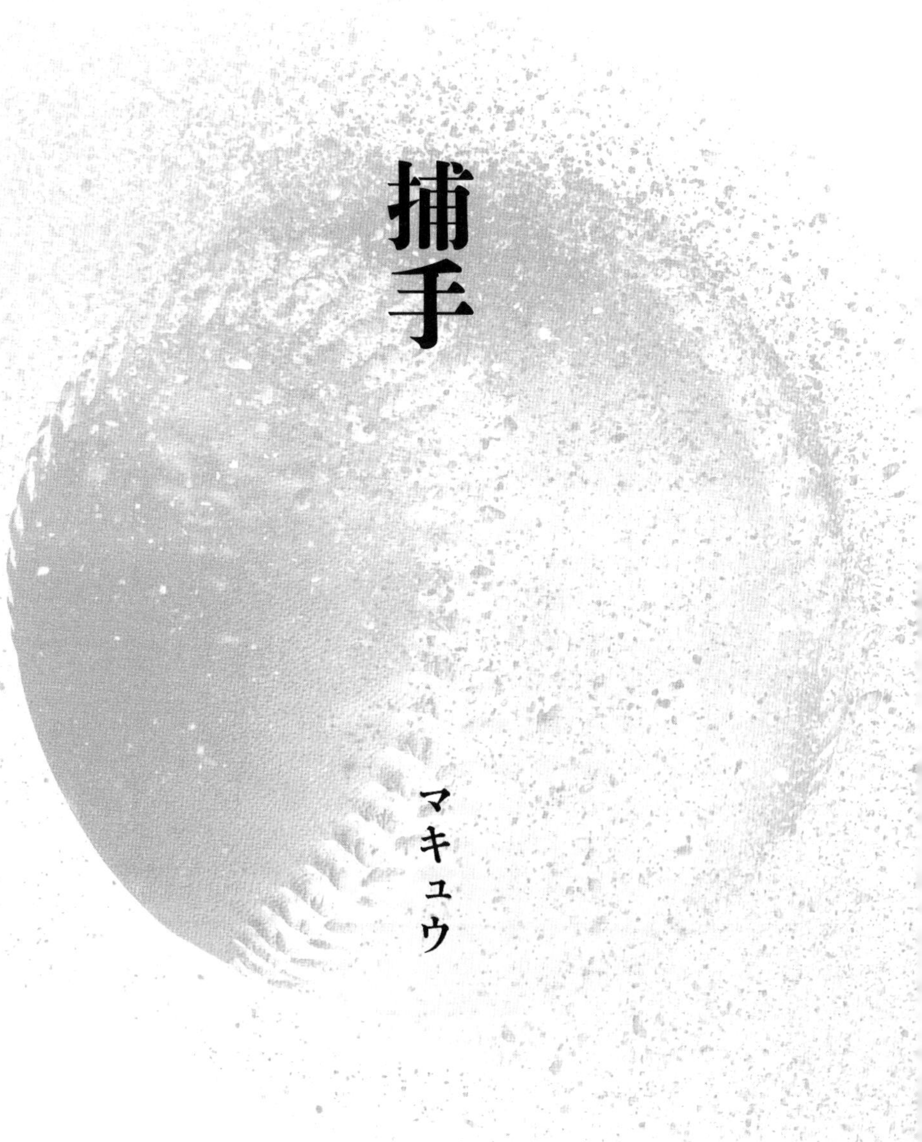

捕手

マキュウ

1

天空烏雲密布，好像隨時會滴下水。大部分學生都帶了傘，須田勇樹也把雨傘和書包一起綁在腳踏車的行李架上。

勇樹坐在腳踏車座椅上，但並沒有踩踏板。他的一隻腳踮在地上，視線看向前方。不光是他，周圍其他學生也都和他姿勢相同。

他們都停在沿著堤防的道路上，堤防下是名爲逢澤川的小河。沿著這條路直走，就可以來到開陽高中的大門，但他們停在距離校門口有一小段距離的地方。

很明顯的，事態不同尋常。路旁停了幾輛警車，大批警官表情凝重地走來走去。警方拉起的警戒線讓原本就很狹窄的路只剩下不到四分之一，準備去學校上課的學生全都被塞在這裡。

「發生什麼事了？」

勇樹的同學下了腳踏車，不停地跳起來張望，但只見警官走來走去，什麼都看不到。

不一會兒，在警官的疏導下，人潮終於漸漸動了起來。勇樹經過看起來好像發生意外的現場時伸長了脖子，卻什麼都沒看到，只見目光銳利的警官一臉凝重地湊在一起討論。

穿越那片混亂後，聽到旁邊學生聊天的聲音。

「聽說是命案。」一個理著平頭的學生竊聲說道。

「命案？眞的假的？」

另一個學生也小聲地說，接著兩個人騎上腳踏車離開了，勇樹沒聽到之後的內容。

——命案？

勇樹踩著腳踏車的踏板，在嘴裡重複這兩個字，卻沒有眞實感。這個字眼包含了他所不知道的，大人世界的味道。

勇樹一踏進二年 A 班的教室，其他同學都在熱烈討論這件事。幾個人圍著名叫近藤的同學，在勇樹座位附近聊得口沫橫飛，近藤平時很不起眼，但是今天早上他雙眼發亮。

勇樹聽其他同學說，近藤向來比其他同學早到學校，因此在上學人潮還沒有湧現時經過現場，比其他人更瞭解情況。

據近藤說，他經過時看到現場有大量血跡。他形容：

「血跡四濺，好像用水桶潑的水，既像是紅色，又像是黑色，總之血已經乾了，顏色看起來很噁心。」

有幾個同學忍不住嚥了嚥口水，但是近藤的下一句話令其他人更加緊張。他說，遇害的可能是本校的學生。

「眞的假的？」有人說，「眞難以相信。」
「應該錯不了，我經過現場時，剛好聽到警官在討論。」
「是女學生嗎？」
「這我就不知道了，我沒聽得那麼仔細。」
他們猜想有女學生遭到強暴後被殺害，最近的確經常在新聞中看到街頭隨機殺人的消息。
「現場有血，代表兇器是刀刃嗎？」
近藤身旁的學生問。
「那也未必。開槍也會流血，你沒有看過西部片嗎？」
另一個同學說，旁邊的兩、三個人點點頭。
「但如果是開槍，應該不會有那麼多血濺出來。」
「眞的嗎？」
「我也不太清楚，只是這樣感覺。」
大家對兇器和出血程度的瞭解都半斤八兩，便沒有繼續討論這個問題。不一會兒，有一個同學小聲嘟囔說：
「那個堤防早上和晚上都很冷清，所以很危險。」
聽到這句話，大家似乎想起同樣的情況也可能發生在自己身上，紛紛露出複雜的表情，陷入了沉默。

看到大家的談話告一段落，勇樹拿出了英文單字本。因爲他想起自己並不是無事可做，不能把時間浪費在這種事上。

然而，下一刻走進教室的同學的一句話再度打斷了他的好學精神。

「教物理的森川在和刑警談話。」

綽號叫溫泉的學生大聲說道，這個小個子學生的家裡開澡堂。

「在哪裡？」近藤問溫泉。

「在會客室，我看到他走進去。絕對就是森川，錯不了。」

「爲什麼森川要和刑警見面？」

「我怎麼知道？」

溫泉嘟著嘴。

森川是勇樹他們的物理老師，年過三十。以前曾經打過橄欖球，身材很壯碩，也很受學生的歡迎。但勇樹更在意的是，森川是棒球社的領隊。

「森川不是棒球社的領隊嗎？」

一個高個子的學生似乎察覺到勇樹內心的慌亂，轉頭問他。他是排球社的笹井，才高二的他鬍子特別濃，有一張老氣的臉。

「被殺的該不會是棒球社的人吧？」

這個意見很大膽，其他同學也紛紛點頭。笹井似乎很滿意大家的反應，一臉奸笑地對勇樹說：「須田，你哥哥可能知道情況。」

勇樹不發一語地整理英文單字本。他很淸楚笹井的目的，不想回答。

「喂，須田。」

當笹井用低沉的聲音叫他的名字時，其他同學都匆匆坐回自己的座位。因爲班導師佐野已走了進來。

「書呆子，少裝模作樣了。」

笹井撂下這句充滿惡意的話，也回去自己的座位。

班導師佐野是歷史老師，這個向來溫和的中年男子今天眼神特別嚴厲。平時他在點名時總是愛開玩笑，今天連一句玩笑話都沒有說。

點完名後，佐野宣布第一節課自習。他只說要召開緊急職員會議，平時聽到自習就毫不掩飾臉上笑意的同學，今天也都一臉乖巧。

佐野打算走出教室時，前排響起一個聲音。是坐在第三排的近藤向佐野發問。

「誰被殺了？」

佐野聽到後，注視著近藤的臉。全班同學屏息以待，他大步走向近藤，近藤縮成一團低下了頭。他要揍人了。勇樹心想。但是，佐野什麼也沒說，環視整個教室後吩咐道：「保持安靜，不要吵。」就快步走出教室。

佐野的腳步聲遠離後，所有同學都鬆了一口氣。尤其是近藤大大地鬆了一口氣，但他臉上還殘留著緊張的表情，只是在周圍的同學面前逞強。

勇樹從書包裡拿出愛倫．坡的英文原著。他在自習時都看這本書，他夢想以後能夠從事發揮英語專長的職業，眼前的目標是考進東京大學，做為他實現夢想的第一步。勇樹雖然不清楚大學的好壞差異，但他相信，只要考進全日本最優秀人材聚集的大學，就絕對錯不了。

為了實現夢想，他決心排除任何雜音用功讀書，但今天的雜音特別多。他手上的《金甲蟲》看了還不到一頁，眼前的光線就突然變暗了。他一抬頭，笹井一臉冷笑地俯視著他。

勇樹故意嘆了一口氣，打算再度低頭看書，但笹井把他超過二十公分的手掌放在書上，勇樹抬頭瞪著笹井。

「你去看一下，」笹井說，「森川被找去，絕對和棒球社有關。因為森川沒有當班導師。你去問一下須田學長，瞭解一下到底是什麼情況。反正三年級現在也是自習時間。」

好幾個同學聽到笹井的聲音，紛紛圍了過來。

「你自己去問啊。」勇樹的聲音中帶著怒氣。

「即使我去，你哥也不會理我。有什麼關係嘛，反正你又不吃虧，去吧去吧。」

「對啊，去問問看嘛。」另一個圍過來的男生也說，「而且，須田學長搞不好也被警察找去了。」

「警察找我哥幹嘛？」

勇樹氣勢洶洶地反問，那個同學結結巴巴地說不出話。看到他們的態度，勇樹很不耐煩地站了起來。

「你要去問嗎？」笹井瞪著他問。

「我不想一直在這裡浪費時間。」

勇樹說完來到走廊上，用力關上教室的門。

勇樹的哥哥須田武志不光在開陽高中內赫赫有名，更是本地家喻戶曉的名人。多年來，開陽高中的棒球社在夏季的縣賽中從來沒有進入過第三輪比賽，靠著武志的精湛球技，在去年的秋季賽中奪得亞軍。十天前的選拔賽雖然飲恨落敗，然而他的投球幾乎牽制了以強打聞名的亞細亞學園，吸引多位球探的目光，公認他旋轉快速的快速球和控球的精準度已經達到了職業水準。

勇樹爲自己有一個天才投手哥哥感到驕傲，選拔賽結束後，他甚至很想走在街上時，在胸前掛一張紙，說自己是須田武志的弟弟。

然而，當別人稱讚哥哥時，他既感到高興，又有一種想要逃走的焦躁。並不是因爲別人拿他和優秀的哥哥比較，令他感到不自在，勇樹很清楚沒有人拿武志和勇樹進行比較。他的焦躁來自於他發現，自己和武志相比，哥哥只是在順利消化兩人之間約定的工作配額而已，自己的份內工作卻幾乎沒有進度。

勇樹躡手躡腳地沿著樓梯從二樓來到三樓。武志的三年B班就在三樓。

和趁自習就開始吵吵鬧鬧的二樓相比，三樓寂靜無聲，好像整層樓都沒有人。而且走廊上鋪著木板，即使再小心，每走一步，還是會發出吱吱咯咯的聲音。

勇樹豎起耳朵，沿著走廊往前走，來到三年B班旁時嚇了一大跳，忍不住停下了腳步。教室裡傳出異樣的動靜。仔細一聽，才知道那是啜泣聲和擤鼻涕的聲音。勇樹蹲下身體，從窗戶向教室內張望。班上將近一半都是女生，她們都用白色手帕捂著眼睛，或是趴在桌子上。男生不是抱著雙臂，就是托腮沉思，或是閉目靜想，所有人都露出沉痛的表情。

武志坐在靠走廊的最後排。他雙手插在口袋裡，蹺著兩條長腿，銳利的視線看向空中。

原來是這個班上的學生被殺了。勇樹心想。這個教室內充滿深深的悲哀和凝重的氣氛，讓他產生如此直覺。

他很後悔來到這裡，想到自己前一刻偷看的樣子，不禁產生了令他作嘔不已的自我厭惡。

當他悄悄離開窗邊，輕手輕腳地準備往回走時，旁邊的門突然打開了。門可能有點卡住，發出了巨大的聲響，勇樹差一點叫起來。

「你來幹嘛？」

聲音在勇樹的頭上響起。即使不用抬頭，他也知道是誰。

「有點……」

勇樹低著頭吞吐起來，他想不到合理的藉口。

「找我嗎？」

「嗯。」勇樹點頭。

武志沉默片刻，隨即抓著勇樹的手臂說：「跟我來。」他力大無比，把勇樹拉到樓梯口。

「找我有什麼事？」

武志側臉問勇樹。勇樹一時不知道該扯什麼謊，只能向哥哥坦承了和笹井他們的對話。

「眞是一群無聊的人。」

武志不耐煩地說，但他說話的語氣不像平時那樣氣勢十足。

「沒關係，對不起。」

勇樹打算走下樓梯，聽到武志從背後對他說：「等一下。」便停下了腳步。

「是北岡。」武志說，他的語氣很平淡。

勇樹呆然看著哥哥的臉片刻，他還無法完全理解這句話的意思，反問武志：「北岡哥嗎？」

「他被人殺了。」武志斬釘截鐵地說，「北岡被人殺了。」

「怎麼可能？」

「沒騙你。」

說完，武志走上樓梯，轉頭看著弟弟說：「既然已經知道了，就趕快回教室，不要爲不必要的事分心。你不是有自己該做的事嗎？」

「但是……」

「這和你沒有關係。」

丟下這句話，武志便走上樓梯。勇樹目送哥哥離去的背影，帶著窒息般的混亂感下了樓。

2

北岡明的屍體是在四月十日星期五，清晨五點左右被發現的。每天清晨經過堤防的國二送報少年，如同往常般，沿著逢澤川，從上游跑向下游的方向時，發現了倒在路邊的屍體。

二十分鐘後，偵查員趕到現場。送報少年和開陽高中的工友在距離屍體一百公尺以上的地方等待警方的到來。少年發現屍體後立刻衝到開陽高中，工友聽完他說明情況，隨即聯絡了警方。工友就住在學校附近，但上班時不會經過屍體所在的那條路。

警方立刻瞭解了屍體的身分，工友證實是棒球社的北岡。開陽高中棒球社最近大出風頭，工友認識棒球社所有的成員。

北岡明穿著灰色毛衣和學生制服的長褲趴在草叢中。他似乎腹部中刀，血流滿地。偵查員在他身旁發現了另一具屍體，一隻七十公分左右的雜種狗死在北岡屍體附近，脖子根部被利器割開，也流出了大量的血。被發現時，全身的毛都因爲沾到血而發硬了。

「太奇怪了。」

縣警總部偵查一課的高間點了今天的第一支菸。他在睡夢中被人叫醒，腦袋還昏昏沉沉的，眼睛也有點睜不開，雖然年過三十，至今仍然是單身漢，這麼大清早趕到現場工作，通常都餓著肚子，來不及吃早餐。

「應該是被害人的狗，」站在高間身旁的後輩小野指著狗的項圈和狗鍊說道，「被害人可能在帶狗散步時遇害。」

「晚上九點、十點跑出來散步？別忘了他是高中生。」

聽署內的鑑識課員說，根據屍體的僵硬程度和屍斑狀態，研判被害人是在七、八個小時前死亡。雖然解剖後，確切的死亡時間可能會改變，但按照目前的情況分析，死亡時間可能在昨晚九點到十點之間。

「這並不稀奇，問題是爲什麼連狗也一起殺害。」

「可能在殺被害人時，狗在一旁拚命吠叫，所以連牠也一起殺了。」

「太殘酷了。」

「人都可以殺了，殺一隻狗應該根本不覺得怎麼樣吧。」

「那倒是。」

之後，高間他們的組長本橋走了過來，對他們說了聲：「辛苦了。」本橋雖然剛過中年卻一頭白髮，看起來不像刑警，更像是學者。

「眞早啊。」高間佩服地說。

「我才剛到。」本橋打了一個呵欠。

聽本橋說，目前在現場周圍並沒有找到凶器。根據推測，凶器是稍有厚度的刀子，很可能是兇手帶走了。

北岡明的父母已經趕到，也已經向他們瞭解了情況。北岡的母親里子哭得呼天搶地，暫時無法向她瞭解情況。透過北岡的父親久夫得知，北岡明昨晚九點左右出門，說要去森川老師家裡，就再也沒有回家。

「森川是棒球社的領隊嗎？」

高間問，本橋一臉詫異地說：「你知道得眞淸楚。」

「他是我高中同學，我也是開陽的畢業生。」

「是嗎？眞是太巧了，你們現在仍然有來往嗎？」

「以前經常見面，最近有點疏遠。」

「那就好辦了，你和小野一起去向那個老師瞭解一下情況。」

「好。」高間在回答時，心情很複雜。他當刑警已經十年，這是第一次在工作上和熟人打交道。而且，對方還是以前經常玩在一起的森川。

「被害人身上有被拿走什麼東西嗎？」

高間問。

「沒有，他父母確認過了，好像沒有被拿走任何東西。」

「還有其他的傷嗎？」

「也沒有，但地上似乎留有打鬥的痕跡，目前對兇手完全沒有概念。」

本橋皺著眉頭，露出很有學者風範的表情。

到了上學時間，陸續有很多學生經過堤防。高間和小野跟著學生一起走向開陽高中。

「我不知道開陽的領隊是你朋友。」

走在路上時，小野語帶佩服地說。

「之前選拔賽時剛好很忙，沒時間聊到這個話題。」

「開陽能進入甲子園太了不起了，但如果少了捕手北岡，損失應該很慘重吧。應該沒有其他選手可以成功接到須田的球。」

「天才須田，這個投手太厲害了。雖然我對他不太瞭解。」

「真的很厲害，原來那就叫威猛快速球。」

「你知道得真清楚。」

「我很喜歡棒球。」

「我記得你是巨人隊的球迷。」

「是啊，今年很期待王貞治可以拿到三冠王。今年他還是用金雞獨立的一本足打擊法，狀況很不錯。問題在於打擊率，希望能贏過長島和江藤。」

小野似乎真的充滿期待。

他們來到學校的警衛室說明來意後，等待片刻，女事務員帶他們來到會客室。這間朝南的房間光線充足，高間站在窗邊，眺望著他以前參加橄欖球社時練習擒抱的運動場。眼前的運動場和他記憶中的情景沒有差別，但今天他覺得格外生疏。

不一會兒，校長飯塚現身。他的頭頂已經禿了，但鼻子下方蓄的鬍子很壯觀。

一個體格健壯、皮膚黝黑的男子跟在校長身後，一看到高間便露出了訝異的表情。

他就是森川。

飯塚說了一長串開場白，很希望自己也能夠陪同，但高間委婉地拒絕了。

「我們希望儘可能分別談話，因爲校長在場有可能會對森川老師的發言產生微妙的影響。」

「是嗎？不，其實我倒認爲不必有這方面的擔心。」

飯塚似乎仍然希望留下來，但並沒有堅持，只對森川說了聲：「那就麻煩你了。」轉身走了出去。

高間坐在椅子上，轉向森川的方向說了聲：「好久不見。」

「恐怕有一年沒見了吧？」森川回答。他的聲音低沉卻很宏亮，「你負責這起命案嗎？」

「是啊。」

高間緩緩地從西裝口袋裡拿出筆記本。「出了這麼大的事，你也很驚訝吧？」

「我至今仍然無法相信。」森川搖了搖頭。

「有沒有想到可能是誰？」

「完全沒有頭緒。」

「聽北岡明的父母說，他昨天出門時，說要去你家。」

「好像是。昨晚十一點，我接到他母親的電話，說他還沒回家……」

「北岡去了你家嗎？」

「不，他沒來，我也不知道他要來。」

「所以，北岡說謊騙了他家人嗎？」

「我想應該不至於，北岡有時候會來我家，但很少會事先聯絡。」

所以，北岡明是在去森川家的途中遭到攻擊。

「你仍住在櫻井町嗎？」

「對啊。」森川點頭。

北岡明住的昭和町位在逢澤川的上游，櫻井町位在下游，因此他是沿著堤防的路從上游走到下游。

「北岡明爲什麼昨晚要去你家？」

聽到高間的發問，森川想了一下，然後再度搖頭。

「不知道，他通常來找我是討論練習方式或是比賽的成員，但不知道昨天有什麼事。」

「他平時都是晚上九、十點來找你嗎？」

「不，平時通常比較早，但九、十點也不算特別晚。」

「昨晚九點到十點這段時間，你一直都在家嗎？」

「對，我在家，整個晚上都在家。」

「最好有人可以證明。」

高間努力用輕鬆的口吻說道，但森川的神色有點緊張。可能是被問及不在場證明讓他的表情發生了變化。

「不……很遺憾，我一個人在家。」

「是嗎？沒關係，我只是確認一下，你不要放在心上。」

高間仍然努力用輕鬆的口吻說。

這麼說，北岡明昨晚的行爲並沒有特別的可疑之處嗎？高間總覺得無法釋懷。

「他的人際關係怎麼樣？有沒有什麼特別的問題？」

「你的意思是，」森川毫不掩飾臉上的不悅，「有沒有人恨他嗎？」

「也包含這個意思。」高間說。

森川重重地嘆了一口氣。

「北岡很了不起。不光是他在棒球方面的傑出表現，他的統御能力和指導能力也不容小覷。他可以根據不同的對手，採取不同的應對方式。雖然輿論都認爲我們是靠須田的快速球進軍甲子園，但如果北岡不是主將，絕對不可能成功。不光是棒球，北岡在帶人方面的表現很突出，怎麼可能有人恨他？」

「也可能有人恩將仇報，這和當事人的爲人處事無關。」

森川搖了搖手，意思是說，不可能有這種事。

但高間向來認爲，越是完美的人，越容易引起憎恨。

「在棒球社中，他和誰最要好？」高間問。

「應該是須田吧，」森川不假思索地回答，「只有他能夠和北岡平等對話，他們也在同一個班級。」

「我想見一下須田。」

「我想應該沒問題，不知道校長會怎麼說。」

高間看了一眼身旁的小野，小野立刻心領神會地出去和校長交涉。室內只剩下兩名當年的橄欖球隊友。

「我聽到你當棒球隊的領隊時嚇了一跳。」

高間抽著菸說。

「一開始我並沒有很投入，只是最近突然覺得很有意思，也很有成就感。」

「因爲你們打進了甲子園。」高間吐了一口煙。

「只要有須田和北岡在，無論誰當領隊，都可以打進甲子園。接下來的最大夢想，就是在夏季全國比賽中打進甲子園……」

森川似乎突然想到現實中發生的命案，閉上嘴巴，咬著嘴唇。

一陣沉默。

「你女朋友還好嗎？」

高間移開視線，在菸灰缸裡捺熄了菸蒂。他儘可能說得若無其事，但聲調還是和剛才略有不同。

「啊？喔……」森川也有些吞吞吐吐，「她很好。」

「是嗎？」

高間又拿出一支菸叼在嘴上，但沒有點火，目光緊盯著窗外的運動場。

十五分鐘後，小野才和校長交涉完，回到會客室。須田武志和北岡明他們的班導師久保寺先走了進來，叮嚀他們不要刺激和傷害學生。他似乎很緊張。

高間告訴他沒問題，並要求在向學生瞭解情況時，教師不要在場。久保寺猶豫了很久，最後只好和森川一起離開了。

他們離開數十秒後，響起了清脆的敲門聲。「請進。」高間回答。門打開了，一個將近一百八十公分，身穿學生制服的高個子男生走了進來。

高間立刻覺得這個年輕人有點病態。雖說他加入了棒球社，但臉色偏白，一雙長眼布滿血絲，有一種陰沉的感覺。而且，高間覺得他比想像中更成熟。

須田彎下緊實的身體鞠了一躬，自我介紹說：「我叫須田。」他沒有特別活力充沛的樣子，態度很自然。

高間看到他坐下後，一臉溫和的表情說：

「選拔賽眞可惜。」選拔賽在五日那一天結束，德島海南高中獲得了優勝。「最近情況怎麼樣？」

「馬馬虎虎，」武志回答，「至少在昨天之前，一切都好。」

聽到這句話，高間忍不住和身旁的小野互看了一眼。武志面無表情。

高間清了清嗓子，「北岡的事眞令人難過。」

「……」

武志或許說了什麼，但高間沒有聽到，只看到他放在腿上的雙手握緊了拳頭。

「你有沒有什麼線索？」

「……」

「最近北岡有什麼和之前不同的地方？或是引人注意的……你還記得嗎？」

武志帶著怒色，移開了目光。

「我又不是他的女朋友，沒有觀察得那麼細。」

他的反應出人意料。

「但他不是一直都協助你嗎？比方說，他在指示時，也可能反映了他當時的心境。」

聽到刑警的話，他輕輕嘆了一口氣。

「如果他是基於心境發出指示就慘了。」

高間一時說不出話，注視著這位被稱爲天才投手的年輕人的眼睛。這個年輕人的眼睛似乎看到了完全不同的世界。

他決定改變問話方法。

「警方認爲北岡在昨天晚上去森川老師家的途中遭人襲擊，但不知道他爲什麼去找老師，你是否知道原因？」

武志面無表情地搖搖頭。

「我怎麼會知道主將和領隊要說什麼？可能是討論練習比賽的成員，也可能要決定打掃社團活動室的日程。」

反正都是一些無聊的事——從他說話語氣中，似乎可以感受到這種言外之意。

「他身爲主將的表現怎麼樣？」高間問。

「應該算表現得很好吧，只是太一板一眼了。」

「太一板一眼？」

武志微微偏著頭。

「他太尊重每個人的意見了，這樣會沒完沒了。」

「棒球社內部是不是曾經發生過什麼爭執？」

「好像有吧，只是我從來不參與。」

「最近有沒有發生什麼事？」

高間問。

「不清楚，」他有氣無力地回答，「最好問一下其他社團成員。」

高間默默觀察武志的臉，武志也看著他，但是武志的視線似乎仍然鎖定了更遙遠的地方。

之後，高間又問了棒球社其他成員對北岡的評價，以及在班上的情況，武志的回答還是老樣子，當問及除了他以外，北岡還有沒有其他好朋友？他回答說，他和北岡也沒有特別要好。

最後，高間問他昨晚九點到十點在哪裡，高間儘可能問得很輕鬆，但武志的表情略微嚴肅起來。

「所有相關人員都會問這個問題，」高間安慰他。「剛才也問了森川老師，老師說他在家裡。」

「我也在家。」武志回答。

「和誰在一起嗎？」

武志想了一下，很快回答說：「沒有。」高間沒有繼續發問。

目送著武志鞠躬後離開會客室的背影，高間總覺得他似乎忘了問什麼。

3

武志被刑警找去的消息很快傳入了勇樹的耳朵。在第四節數學課自習時，多嘴的同學特地來告訴他。

但勇樹早就猜到武志可能會被找去，所以並沒有太驚訝。武志和北岡都參加棒球社，而且是同班，再加上他們又是投手和捕手的關係，當然是最重要的關係人。

武志進入開陽高中的第一個星期，勇樹就得知了北岡的名字。當時，勇樹剛升上國中三年級。

那天他放學回家時，立刻發現哥哥心情特別好。武志平時很少把情緒寫在臉上，那天不時地開玩笑。勇樹忍不住問哥哥，武志心情大好地告訴他，今天棒球社來了一個新的捕手。他平時很少和弟弟聊棒球的事。

武志當然不可能只爲來了一個捕手感到高興，而是他判斷那名捕手很優秀，很適合成爲自己的搭檔。

其實這是有原因的。

一個星期前武志加入棒球社後，開陽棒球社頓時歡天喜地。天才投手須田在中學棒球界也是赫赫有名，大家在高興之餘，隨卽發現了問題。沒有人能夠接到他的球。應該說，原本擔任捕手的三年級學長轉學離開了，棒球社內沒有捕手。雖然挑選了幾名內外野手練習了一下，但武志根本無法發揮實力。

勇樹清楚記得武志那一陣子的樣子。他每天邁著沉重的步伐回到家，默默地吃晚餐，然後拿起棒球和手套去附近的神社，一個人練習投球。雖然只是把球丟進掛在石頭鳥居上的籃子裡，據武志說，這種方式的練習效果很棒。

在這種情況下，曾經在名門中學擔任捕手的北岡進入棒球社，當然令武志欣喜若狂。

之後，須田、北岡這兩個人的搭檔成為開陽棒球社的一對翅膀。那年夏天的棒球大賽中，向來在第一輪就遭到淘汰的開陽打到了第三輪，去年夏天更獲得亞軍，秋天時又打贏了曾經代表全縣前往甲子園比賽的學校，得到了參加今年春天選拔賽的資格。

沒想到，其中的一隻翅膀斷了。

想到武志目前的心境，勇樹也不由得感到心痛。

午休時間吃完便當後，勇樹立刻走向體育館。他知道這個時間，武志總是躺在體育館旁的櫻花樹下。

勇樹走去那裡，發現武志果然在那裡。他左手枕在腦後，躺在草皮上，右手握著軟式網球。據說這樣可以鍛鍊握力。

勇樹走過去時，武志瞥了他一眼，又將視線移回天空。勇樹悶不吭氣地在他身旁坐了下來。雖然才四月，但天氣很暖和，身體微微滲著汗。

「聽說你被刑警找去了？」勇樹略帶遲疑地問。

武志沒有立刻回答，把掌中的網球握了五、六下，不耐煩地說：

「沒什麼大不了。」

「他們知道誰是兇手了嗎？」

「怎麼可能這麼簡單破案？」

「……也對。」

勇樹很想知道刑警到底問了些什麼，卻不知道該怎麼問。既然哥哥說沒什麼大不了，應該是認爲沒必要說，如果有什麼秘密，哥哥也不可能說出來。勇樹在幾年前，就知道哥哥的這種性格。

「北岡哥爲什麼被殺？」

勇樹鼓起勇氣問道，但武志仍然沉默不語。

「哥哥，你知不知道——」

「不知道。」

武志冷冷地說。

勇樹有點不知所措，但隨即不去多想，躺在武志的身旁。他覺得什麼都無所謂了。

他原本就不喜歡追根究柢，還不如默默地躺下來更好。和武志在一起，勇樹都會有一種莫名的安心。

「那個刑警，」不一會兒，武志主動開了口，「問了我的不在場證明。」

「不在場證明？」

勇樹驚訝地問。他腦海中浮現出推理小說的情節。刑警問哥哥的不在場證明，代表他們在懷疑哥哥嗎？

「所有相關人員都要問不在場證明，領隊也被問了這個問題。」

「你怎麼回答的？」

「他問我昨晚九點到十點人在哪裡？我回答說，在家裡。不然還能怎麼回答。」

「也對——九點到十點……」

勇樹思考著自己昨天九點到十點在幹什麼，可能去了澡堂。雖然警方不至於問到自己頭上，但萬一問起的話，似乎有點說不清楚。想到這裡，他不禁有點擔心。

話說回來，爲什麼要問所有相關人士的不在場證明？他有點生氣。他深信沒有人會因殺了北岡而得到什麼好處，更不會有人憎恨北岡。

「北岡哥一定是遭到瘋子襲擊，這是唯一的可能。」

勇樹斷言道。武志沒有說話，繼續用網球練握力。

勇樹回到教室後，得知下午恢復正常上課，第五節古文課的手塚麻衣子老師已經出現在教室準備上課。她像往常一樣，穿著黑裙白襯衫，聽說她快三十歲了，但看起來不到二十五歲，皮膚白皙水潤。勇樹的班級是男生班，很多學生都很期待手塚老師來上課，甚至有學生亂開玩笑說：「我們兩、三個人一起把她撲倒。」只是他們說話的語氣不完全像是在開玩笑。

幾個學生圍著手塚老師，似乎正在討論命案的事。中心人物當然還是近藤，他喋喋不休地說著什麼，因爲能夠和心目中的偶像手塚老師說話，他興奮得從腳底紅到額頭。

「沒有目擊者嗎？」

聽到手塚老師的問話，勇樹也抬起了頭。因爲她的語氣很認眞。

「應該沒有吧，」近藤說，「如果有人看到，應該會立刻報警。」

「不一定是看到命案現場，也許在附近看到可疑的人影之類的。」

「我不太清楚，警方應該正在調查這些事吧。」

接著近藤告訴大家，他在會客室前遇到的刑警眼神很兇狠、很可怕，大家便開始聊起這個話題。

放學後，媒體記者和警官幾乎都離開了，堤防旁那條路也不再像早晨上學時那麼擁擠。勇樹經過附近時，下了單車，在附近探索。他沒有找到近藤說的血跡，但看到用粉筆畫的人型。屍體高舉著雙手，分不清是仰躺還是俯臥。兩名女學生看著人型，竊竊私語著快步離開。

人型旁還有一個小很多的圖形。勇樹試著從不同的角度觀察，想要瞭解到底是什麼東西的形狀。附近的草叢傳來沙、沙的窸窣聲，他驚訝地朝那個方向看去，一個挽起西裝袖子的男子在堤防中間站了起來。他虎背熊腰、一臉精悍，一隻手拿著記事本，另一隻手不停地在上衣和長褲口袋裡摸索。

勇樹看到後，從書包裡取出鉛筆盒，拿出一支ＨＢ鉛筆，對著下面說了聲：「請用。」男人有點驚訝，隨即笑著從堤防走了上來。

「謝謝，我的筆不知道掉去哪裡了。」

他用向勇樹借來的筆迅速記錄著什麼，歸還時看著勇樹的臉，眼睛微微睜大。

「不好意思，請問你叫什麼名字？」

「須田勇樹，」勇樹回答，「我是武志的弟弟。」

男人一臉「果然啊」的表情。

「原來如此，你們長得很像呢。」

勇樹很開心，他喜歡聽別人說他和武志長得很像。

「你是刑警嗎？」他問。

「嗯，對啊。」

刑警叼著菸，擦了兩、三次火柴點著菸。乳白色的煙霧飄過勇樹的面前。

「請問這是什麼？」

勇樹指著腳下的小圖形問。

「是狗。」刑警回答，「是北岡的愛犬，名叫麥克斯。聽說北岡很疼愛牠，出門的時候都會帶著牠。那隻狗也被殺了，被割斷喉嚨。」

刑警用右手做出割喉的動作。

「爲什麼連狗也……？」

「不知道，可能兇手討厭狗吧。」

勇樹抬頭看著刑警，以爲他在開玩笑，但刑警並沒有笑。

「兇手是剛好路過的暴徒嗎？」

勇樹試探地問道。刑警陶醉地吸了一口菸，輕輕點了點頭。

「這個可能性相當大。如果是計畫性犯案，就產生了一個疑問，爲什麼兇手知道北岡在那個時間經過這裡？這裡一到晚上就幾乎沒有人經過，或許認爲是暴徒所爲比較合理。不過，北岡並沒有被偷走任何東西。」

「可能是頭腦有問題的暴徒，」勇樹說：「絕對不可能是認識北岡哥的人殺了他，雖然我都是從我哥口中得知他的事，但我知道他很優秀，因爲我哥哥很信賴他，半吊子的人不可能勝任我哥的捕手。」

他越說越激動，刑警抽著菸露出好奇的眼神，勇樹害羞地低下頭。

「你不打棒球嗎？」刑警問他。

勇樹猶豫片刻，回答說：「我沒有才華。」

「才華？任何人只要多練習，球技就會進步。」

「不行，如果只能練到這種程度，我情願多花時間用功讀書，考上一流大學。」

「什麼意思？讀書當然很重要。」

「該怎麼說……我家沒辦法讓我們把打棒球當成遊戲，我哥打棒球並不是因爲興趣，而是他的生存方式。雖然我哥確實很有棒球天分，但我沒有，所以我只能好好用功讀書，考進一流大學，進入一流的公司。早就有人對我說過這番話了。」

「這番話……是誰對你說的？」

「哥哥。」

勇樹清楚記得當時的情況。那時候他剛進中學，讀二年級的武志已經展現了天才投手的本領，開始在國中棒球界受到矚目。勇樹十分崇拜哥哥，也希望可以加入中學的棒球社，但武志用嚴厲的口吻對他說：

「你覺得自己棒球打得很好嗎？」

「雖然我打得不好，但只要多練習就會進步。」

「不行，光是有進步還不行。我打棒球，是因爲以後要靠這個吃飯，你應該知道家裡很窮吧？棒球手套也不便宜，家裡沒這麼多錢可以讓我們把棒球當成遊戲。勇樹，你很聰明，最適合靠腦袋賺錢，你要靠讀書出人頭地，我要成爲職棒選手，我們一起努力，讓老媽過好日子。」

勇樹並不是不瞭解哥哥的意思，但當下還是無法接受。於是，他決定先去參觀棒球社訓練的情況，當天就決定聽從武志的話。

武志的練習量太驚人了。勇樹難以相信他可以這麼長時間地持續活動身體，他終於瞭解，這就是哥哥所說的「打棒球不是遊戲」。

於是兄弟兩人決定，武志專攻棒球，勇樹用功讀書。那天之後，勇樹比別人加倍用功讀書，因爲他知道，只有普通的努力，將無法和武志在棒球方面的成就匹敵。

「對我們兩兄弟來說，棒球和讀書都是爲將來做準備，所以不能當作遊戲。」

刑警夾著香菸聽勇樹說完後，一言不發地看著他的臉。此時，勇樹才驚覺自己可能說太多了。

「時間太晚，我要回家了，不好意思打擾你工作。」

說完，他騎上腳踏車，用力踩著踏板。如果武志知道自己和刑警聊了這些話，可能會責罵他。

4

勇樹從學校回家時，志摩子正在做裁縫的家庭代工。平時這個時間，她都在附近的工廠做縫紉或是機械編織的工作，今天比較早下班。

「聽說今天很不平靜？」

勇樹脫鞋走進屋時，志摩子對他說。她從附近家庭主婦的口中得知了北岡明的死訊。

「哥哥有沒有說什麼？」

勇樹擔心被紙門內的哥哥聽到，壓低嗓門問。勇樹看到武志脫在門口的運動鞋，知道他已經早一步回到家，正躺在隔壁房間休息。

「沒有，他什麼都沒說。」

志摩子搖著頭。武志一回家便悶不吭氣地走進裡面的房間。

「是嗎……？刑警到學校來，也把哥哥找去問話。」

「刑警找他去?眞的嗎?」

「我回家的路上也和那個刑警聊了一下，他立刻就認出我們是兄弟，說我們長得很像。」

「是嗎?」

志摩子開始收拾裁縫工具，準備去做晚餐。

志摩子在十九歲時和須田正樹結婚，正樹比她大七歲，在一家小型電力工程公司工作。他們都舉目無親，租了一個小房子開始共同生活。雖然談不上豐衣足食，但日子過得很充實。

結婚第七年的秋天，在家裡等待丈夫下班的她，接到了噩耗。前來通知的公司同事，以公事化的口吻宣告了不幸的消息。正樹不慎碰觸到帶電的電容器，發生了觸電意外。那個同事說，這是無法預測的意外。

志摩子帶著當時分別只有五歲和六歲的兩個兒子趕到醫院，中途便淚水潰堤，好幾次都忍不住放聲痛哭。

當他們趕到醫院時，正樹的臉上已經蓋上了白布。她呼喊著丈夫的名字，抱著他痛哭失聲。還不懂事的勇樹看到母親的樣子，也跟著哭了起來，護士們也在一旁掉淚，只有武志沒有哭，握緊拳頭站在那裡。

那天之後，志摩子的生活完全改變。爲了兩個兒子，她必須拚命工作。兩個兒子也很懂事，從來不曾提出任何奢侈的要求。當他們讀小學時，她給了武志棒球和手套，送給勇樹一本百科全書。升高中時，她原本希望武志讀棒球名校，勇樹讀升學率高的學校，但兄弟兩人都主動提出要就讀本地高中。

「那個刑警感覺不怎麼起眼，沒想到眼神很銳利呢，應該是工作的關係吧。」

勇樹說這句話時，紙門打開了。裡面的房間沒有開燈，武志站在漆黑的房間門口，低頭看著勇樹和志摩子。

「刑警問你什麼？」

武志用低沉的聲音問道。

「沒有問什麼特別的事，我和北岡哥又不熟……只是剛好遇到刑警。」

勇樹告訴武志，因爲刑警的筆不見了，所以他借鉛筆給刑警。

「是喔。」武志嘟囔著走了進來。

「我聽到刑警說了很有意思的話。北岡哥身旁還有狗的屍體，爲什麼連狗也一起殺害，還有兇手爲什麼知道北岡哥會在那個時間經過那條路……總之，還有很多不解之謎。」

「哼，那還用問嗎？兇手這裡有問題。」

武志用食指指著太陽穴。「上次不是有一個美國人遭人刺殺嗎？這次也一樣。」

上個月二十四日，美國的賴肖爾[2]大使遭人刺傷。兇手是十九歲的少年，他認爲美國的佔領政策導致他生活困頓，所以犯下那起刺殺案。那名少年之前曾經接受過精神

2. Edwin Oldfather Reischauer。

病的治療。

「只能說，北岡和那隻狗都運氣太差了。」武志說。

「嗯，刑警也說這個可能性相當大。」

「我想也是。」

武志連續點了好幾次頭，看著勇樹說：「之後的事警方會處理，和你完全沒有關係，你不要再管了。」

「我知道。」

「你沒這種閒工夫。」

說完，武志站了起來，在門口穿上球鞋。「我去跑步。」

「再三十分鐘就可以吃飯了。」

志摩子對著他的背影說，武志點了點頭，邁著輕快的腳步離開了。

5

北岡明的屍體被人發現的第四天，高間帶著小野拜訪了北岡家。這段期間，他們積極地明察暗訪，仍然沒有找到有力的線索。雖然也徹底調查了北岡的人際關係，但並沒有發現值得深入調查的問題。

「很難想像兇手到底是怎樣的人。」

前往北岡的家中，小野偏著頭嘀咕。「先殺狗，再殺主人──這未免太不合理了。」

「誰知道呢？目前還不瞭解當時的狀況。」

高間小心謹慎地回答，但他內心也有和小野相同的疑問。

解剖報告已經出爐，和之前推測的死因和死亡時間並沒有太大的差別，但發現一個奇妙之處，就是從北岡明的傷口上檢驗出愛犬麥克斯的血液，然而麥克斯身上並沒有北岡明的血液。也就是說，兇手先殺了麥克斯，再用同一把刀子刺殺了北岡明。

爲什麼兇手先殺了麥克斯？難道兇手果眞是瘋子，胡亂地揮刀殺人嗎？

兩名刑警一路上思考這個問題，很快來到了北岡家門口。在昭和町中，北岡家所在的這一帶住宅區，房子都比較大。高間抬頭觀察了兩層樓的房子，按了門旁的門鈴。出來應門的是北岡的母親里子。她個子嬌小，五官端莊秀麗。案發當天，曾經在警察署看過她，她這一陣子似乎瘦了，但氣色已經恢復了不少。

兩名刑警在佛壇前上香祭拜後，轉身面對里子的方向坐了下來。

「呃……請問之後有什麼情況嗎？」

跪坐在榻榻米上的里子露出好奇的眼神，向兩名刑警打聽偵辦進度。

「目前正在全力偵辦，相信不久就可以找到線索。」

雖然高間自己也覺得這句話很空洞，但他只能這麼回答。里子露出失望的表情，嘆了一口氣。

「我們今天上門，是想看一下明同學的房間。」高間委婉地提出了要求。「案發之後，妳有整理過嗎？」

「沒有，一切都是當時的樣子，請隨意。」

說著，里子站了起來。

北岡明的房間朝東，約莫兩坪大小，除了書桌和書櫃以外，沒有其他的東西。牆上貼著南海隊野村捕手的照片，和選拔賽出場時的紀念照片。

桌上攤著日本史的教科書，高間拿起課本看了一下，書上有不少地方用紅色鉛筆畫了線。一五六〇年桶狹間戰役，一五七五年長篠之戰，以及一五八二年的本能寺之變。那一頁的標題是「織田信長的統一大業」。

「他讀書很用功。」

在一旁探頭張望的小野說。高間也點點頭，從書本磨損程度來看，這句話並不是恭維。

「他說歷史快考試了。那天他七點左右回到家，吃完晚餐後，立刻回房間讀書。」

「七點回家後到九點出門之間，他一直在家裡嗎？」

「對，這點絕對不會錯。」

「這段時間內，都沒有人上門找他？或是打電話給他？」

「是的。」

里子毫不猶豫地回答。這個問題已經問過多次，里子每次的回答都很乾脆，但高間知道，回答得越乾脆，往往就越麻煩。

「明同學那天回家時，有沒有和平時不一樣？」

這也是問過多次的問題，但這次里子沒有立刻回答，用手摀著嘴，似乎在努力地回想。

一陣漫長的沉默。高間開始思考北岡明遭暴徒攻擊的可能性，若果眞如此，她無法想起任何事也在情理之中。而且，大部分偵查員都開始認爲是暴徒所爲。

「雖然沒有什麼不一樣，」里子終於緩緩開口說道，高間充滿期待地看著她。「但記得當時我閃過一個念頭，今天晚上不用練球。」

「練球？」

「這個月他經常在晚餐後出門，我問他去哪裡？他說要練球。因爲不是每天都去，所以他說不去時，我也沒有特別在意。」

「那天他沒有打算練球的樣子嗎？」

「對，我以爲是快要考試的關係。」

高間心想，也許是因爲他打算去森川家。

「妳剛才提到他有時候去練球，具體地點在哪裡？」

「我不太清楚……好像去石崎神社那裡，詳細情況我就……」

里子露出窘迫的表情，用手摸著臉。她似乎爲自己不瞭解兒子的行蹤感到羞愧。

石崎神社是一間古老的神社，從這裡往南走大約十五分鐘就到了。

高間想到了須田武志，問他也許可以找到答案，有可能是他們兩人一起練球。

高間徵求里子的同意後，開始檢查書桌。除了圓規、量角器和尺以外，還有大量印刷在粗紙上的講義，都整理得井然有序，反映了北岡明的性格。

「學生讀書眞辛苦。」

從學校畢業沒多久的小野感慨地說。

抬頭看向書架，除了學校的課本以外，還有幾本棒球的書，以及小說和隨筆集，顯示北岡明勤奮好學，興趣廣泛。高間從其中抽出一本名爲《愛狗者的書》，那是一本大約兩公分厚的精裝本。從書上沾到了不少手垢，就知道他經常翻閱。

「他很喜歡狗。」

里子感傷地說，不知道是否又勾起了傷心的回憶，她按著眼睛。

「死去的麥克斯是他進小學時爲他買的狗。從小狗的時候開始，就完全都由那孩子一個人照顧，無論去哪裡都帶著牠……去練球時，有時候也會帶著牠。」

「是嗎？」

既然北岡這麼疼愛那隻狗，也許帶著狗一起死也是一種幸福。高間暗自想道。把書放回去時，看到旁邊有一本相簿。拿出來一看，發現上面灰塵很少，或許是因爲他不時拿出來翻閱？

相簿從北岡明的嬰兒時代開始，接著是他背著書包上小學的樣子，照片下方寫著「小學入學典禮」。接著很快就出現了他身穿雪白棒球衣的身影，寫著「進入小聯盟」的感言。之後他穿著立領制服，從這個時期開始，大部分照片都和棒球有關。都是他握著球棒和戴著護具的身影。

相簿中的北岡明突然變得很成熟，他上了高中。有和須田武志一起在社團活動室前拍的照片，下面寫著「和須田搭檔，超感動」。

還有很多去參加合宿集訓和比賽時拍的照片，和班上同學一起拍的照片只有寥寥幾張，相簿中還貼了贏得甲子園參賽資格時的剪報。

最新的一頁上貼了全社團的人一起排排站在甲子園長椅前的照片，高間看了下面的文字。

——嗯？

高間把相簿拿到里子面前，「這是什麼意思？」

里子看了一眼，立刻搖了搖頭。

「不清楚，我對棒球一竅不通。」

高間又看了那一小段文字。有什麼深刻的含義嗎？雖然完全不知道和命案有什麼關係，但他把這段文字抄了下來。

「這段話真值得玩味啊。」

小野也探頭表達了感想。

照片下寫了這樣一段話。

「第一輪就被淘汰，太可惜了。我看到了魔球。」

——看到了魔球……？

高間抬頭看著貼在牆上的照片。須田武志一雙陰鬱的眼睛令他格外印象深刻。

證詞

マキュウ

1

社團活動室內瀰漫著特有的汗臭味，田島恭平抱著雙臂，站在活動室的角落。三壘手佐藤雙手插在長褲口袋裡，靠在置物櫃上，一壘手宮本坐在椅子上，中外野手直井盤腿坐在桌上剪指甲。大家不知是否都不願意和其他人眼神交會，每個人不是看著牆壁，就是閉上眼睛，活動室內的氣氛變得更加凝重了。

「只有澤本還沒到。」

田島開口說道。澤本是外野手兼候補捕手，等他來了之後，除了須田武志以外的三年級生就全員到齊了。

「他每次都拖拖拉拉的。」

田島試圖緩和氣氛，但沒有人搭理他。無奈之下，田島只能閉上嘴。

「我還是反對，」宮本突然開口，「除了他以外，任何人當我都無所謂。」

「我的意見和宮本一樣，」佐藤接著說，「北岡當上主將後，我們球隊的確變得厲害了，但也因此付出了很多犧牲。最大的犧牲，就是我們再也不能快快樂樂地玩棒球了。我當初是想要體會擊出安打時的爽快心情，才會開始打棒球，並不是爲了讓自己有壓力。」

「對啊。」宮本也跟著說，「我想要按自己的方式打球，按自己的方式防守。他的確很厲害，但不管我做什麼他都有意見。就像佐藤說的，害我整天很有壓力。我又不想進職棒，想怎麼打，就讓我怎麼打嘛。受到他的影響，最近連領隊也變得囉哩叭嗦的。」

「但是多虧了他，我們才能去甲子園。」田島反駁道。

「是沒錯啦。」宮本閉了嘴。

直井一言不發地磨著指甲，突然吹了吹指尖，嘀咕說：

「我又不想去甲子園。」

田島驚訝地看著他的臉，其他兩個人似乎並不認爲他說了什麼奇怪的話，佐藤甚至點頭表示同意。

「再說我們眞的有去甲子園嗎？」

直井問田島。田島不懂他的意思，沉默不語。

「只有北岡和須田兩個人去了甲子園吧？」直井說，「只要有他們兩個人，即使沒有我們也無所謂，任何人穿上球隊制服都可以上場，反正我們只是附屬品。跟著他們去甲子園，我一點都不覺得有什麼好感激的。」

他繼續看著田島的臉說：「你也一點都不高興吧？因爲你絕對沒機會上場。」

「……」

田島是候補投手，既然須田武志是王牌，他就無法否認直井說的話。事實上，在正式比賽中，田島從來沒有上場投過球。他當然沒有能力成爲武志的救援投手，憑開陽的打擊能力，也不可能在分數上大幅領先對手，讓他有機會上場練習，一試身手。他只去了投手丘一次，就是在第九局面臨危機的時候去傳達領隊的指示。

即使如此，在得知可以進軍甲子園時，田島由衷地感到喜悅。明知自己不可能有上場的機會，但只要想到自己是代表全縣參賽的球隊成員之一，就感到十分驕傲。這種心情至今仍然沒有改變，即使從頭到尾只當了一次傳令員，也不受到任何影響。

然而，他無法在這裡把這番話說出口。一旦這麼做，直井他們就會向自己投來嘲笑和憐憫的眼神。

「那時候也一樣，」佐藤說：「輸給亞細亞學園時也一樣，領隊指示放手讓對方打，但他們兩個人無視領隊的指示，完全不信任我們。」

田島驚訝地看著佐藤的臉，他似乎完全忘記自己在關鍵時刻犯下的失誤。

「總之，要乘這個機會改變棒球社的方針。目前有三個人反對須田當主將。」

宮本站了起來，用力搔著平頭。「乘這個機會」就是乘北岡死了這個機會。

這是北岡明死後五天的放學後，說要開會討論今後的事，直井一開始就提出要由誰來當主將這個問題。「不必急著決定這種事。」田島表示拒絕，沒想到宮本大聲抗議，「如果不趕快決定，須田就會擺出一副自以爲是主將的態度。」

於是這場不愉快的討論就這樣開始了。

不一會兒，遲到的澤本一臉怯懦地露了臉。佐藤靠在置物櫃上，向他簡單解釋了剛才的談話內容。澤本小心翼翼地抱著黑色書包，聽著佐藤的說明。

「你有什麼意見？」

宮本問他。澤本承受了四個人的視線，不禁有點退縮，但他仍然明確地表達了自己的意見。

「我想開開心心地玩棒球。我的運動神經不算好，進棒球社是希望培養體力，之前聽說開陽的所有運動社團訓練都沒有很嚴格……但去年春天，棒球社以甲子園爲目標後，突然就變了。自從北岡當上主將，幾乎每天都操得半死……我們是升學學校，不需要爲了進軍甲子園，把讀書的時間也賠進去。」

「我也有同感。」佐藤拍著手說。

「而且──」澤本接著說了下去。向來沉默寡言的他很少發言，可見他內心累積了很多不滿，這令田島感到難過。

「而且，北岡經常拿我們和須田作比較，他每次都說，同樣是人，須田能做到的，別人不可能做不到。開什麼玩笑，須田以後不是要打職棒嗎？」

「什麼天下無難事，只怕有心人。現在只有小學老師會說這種話。」宮本也在一旁添油加醋。

「我也這麼覺得，但北岡不這麼認爲。所以他常常看不起我，以爲我是個廢物。」

「不，我覺得不可能，他向來不會看不起別人。」

聽到田島的反駁，澤本拚命搖頭。

「田島，你只是不知道而已。上個星期，北岡一個人在這裡安排比賽的成員，剛好我走進來，不一會兒北岡對我露出冷笑：『澤本，下次比賽，你要不要和田島搭檔上場？』我嚇了一跳，結果他說：『跟你開玩笑的啦。』他似乎覺得我把他的話當眞很有趣，那時候我眞的超火大的。」

「反正他就是這種人。」

直井冷冷地說。

我覺得他應該沒有惡意。田島很想這麼說，但還是忍住了。因爲卽使說出口，也會被其他人笑「你太天眞了」。

「總之，就這樣決定了。」直井從桌子上跳了下來。「反正不能讓須田當主將，要讓所有人都開開心心地打棒球。大家一起來照樣可以贏球，根本不需要明星。」

「對，不需要明星。」佐藤用力點頭。

「贊成。」

宮本也表示同意。

田島無法接受這樣的結論，什麼叫大家一起來？到頭來只是想打混而已，只是想回到以前的懶散。

「就這麼決定了，少數服從多數。田島你也沒意見吧？」

直井盯著他問，其他三個人也都看著他。他們銳利的眼神令他產生了一種不耐的煩躁，更感到可恥，但他還是不置可否地點點頭。

2

發現屍體六天後的星期四，一名偵查員接獲了重要線報。這名偵查員去森川位在櫻井町住所附近查訪，發現有人在案發當天晚上曾經看到北岡明。

目擊者是每週四到這附近學三味線琴的家庭主婦。她平時都是白天上課——事實上，偵查員也是在白天時間四處查訪——但她上週四上了夜間的課，在回家路上看到了北岡明，時間大約十點左右。她家住在北岡家附近，所以認識他，不過從來沒有說過話。她當然知道命案的事，但並沒有察覺到自己目擊的重要性，只和一起練三味線琴的朋友聊起過，間接傳入了偵查員的耳中。

這個消息震撼了搜查總部。因爲之前始終認爲北岡明是在前往森川家的途中遇害，既然有人在森川家附近看到北岡明，就代表他是在回程時遭到殺害。

當天晚上，高間和小野立刻前往森川的公寓。森川之前說，那天晚上他都在家，但北岡並沒有去他家。既然北岡已經來到他公寓附近，爲什麼沒有進屋找他？

高間悶悶不樂地走上兩層樓公寓的樓梯。有偵查員認爲，森川老師在說謊。

高間敲了敲門，森川立刻開了門，一看到高間他們，神色有點緊張。

「我有事要問你。」高間看著他的眼睛說，「可以佔用你一點時間嗎？」

「喔，好啊，只是家裡很亂。」

森川雖然這麼說，但其實他的房間整理得很乾淨。除了前面那間和廚房連在一起的兩坪大的空間，裡面還有一間一坪多的房間。廚房的餐具都收進了櫃子，對一個單身男人來說，房間裡沒什麼髒衣服。高間迅速確認了這些情況後，在森川遞給他的坐墊上坐了下來。坐墊套也才剛洗過。

高間告訴森川，案發當天晚上，北岡明曾經來過這附近。森川不敢正視高間，皺著眉頭說：「是這樣喔。」

「不瞞你說，有人開始懷疑你的供詞。他們認爲你說北岡明沒有來過，可能是謊言。」

「不，是眞的，請你相信我。」

森川說著，抬起了雙眼。

「我也希望可以相信你。」

高間再度環視室內，他知道森川很在意自己的視線。

「那天晚上，你一直在家嗎？」

森川默默點頭。

「一個人嗎？」

森川沒有立刻回答，露出猶豫的眼神。

「這麼說不是囉？」高間問，他內心的不悅越來越明顯。

森川沉重地搖了搖頭說：「我無意說謊。」

「但爲什麼沒有說實話？」

「抱歉。」森川咬著嘴唇。

高間用力深呼吸，「她來你家嗎？」

「對。」

「她常來嗎？」

「有時候……每星期一次左右，但那天晚上之後就沒來過。」

「等、等一下，高間前輩。」

在一旁做筆記的小野一頭霧水地拉了拉高間的袖子，他完全聽不懂他們在說什麼，不禁有點慌張。

「到底是怎麼回事？她是誰？」

高間瞥了小野一眼，然後直視森川說：

「是一個名叫手塚麻衣子的女人，在開陽高中當老師。」

「是國文老師。」森川補充。

小野急忙寫在記事本上，突然停下手，抬起頭問：

「高間前輩，你怎麼會知道？」

「唉，說來話長。」

聽到高間的回答，小野露出不滿的表情，但隨即說了聲「是喔」，便重新開始記錄。他察覺眼前的氣氛不適合追問。

「她幾點來的？」高間問森川。

「我記得是七點左右，她平時也都是這個時間過來。」

「幾點離開？」

「好像十點左右。」

這個時間很微妙。高間心想。手塚麻衣子在十點左右離開，目擊者看到北岡明時也是十點左右，然後他就遭人殺害了。

「我猜想北岡應該來過我家門口，」森川難過地說，「但發現她在我家，所以就轉身離開了。」

高間也這麼認爲。

「北岡明知道你和她的事嗎？」

「棒球社的人應該已經猜到了。」

「是嗎？眞希望你可以早一點告訴我們這些情況，這對破案也有很大的幫助。」

「對不起。但是，我不想讓別人知道她常來我家。這裡是小地方，很快就會傳得沸沸揚揚，而且……」

森川吞吞吐吐，並沒有繼續下去，但高間知道他想說什麼。正因爲高間負責偵辦這起命案，所以他更難以啟齒。

高間他們準備離開時，森川在門口說：

「希望這件事不要對外公開，如果被學校或是校外的人知道，我們其中一人就必須離開這裡。」

「我知道。」高間用眼神答應，他心裡掠過一絲奇妙的優越感。

「你們……會去找她吧？」

「應該吧，」高間說：「這是我們的工作。」

森川點點頭，用小拇指抓了抓鼻翼，然後又看著高間。

「雖然我這麼說很奇怪，但希望你們可以充分顧慮到她的心情。案發之後，她的情緒很低落，她認爲也許是因爲她來我家的關係，北岡才會遭到殺害。」

「她知道北岡來過這附近嗎？」

「可能吧，但我不知道她是怎麼知道的。」

森川再度痛苦地皺起眉頭。

高間在兩年前的冬天結識了手塚麻衣子。她是高間在警察學校的同學的妹妹，當時還沒有到開陽任教，而是在另一所高中執教鞭，兄妹兩人租屋而居。

麻衣子算不上特別亮麗，但清新聰穎的氣質打動了高間。他同學說：「我妹妹年紀也不小了。」可是高間覺得她比實際年齡看起來年輕五歲，和她聊天也很愉快，覺得她很有內涵。

高間雖然暗戀她，卻遲遲不敢開口向她表白。因爲從她哥哥口中得知，她討厭刑警這個職業。不過，他還是不時以和老同學喝酒爲由，去他們家作客。不久之後，高間察覺到她也對自己有了好感。她應該早就察覺到高間的心意，因此高間打算等時間成熟，就向她表白。

隔了一陣子，麻衣子調職到高間的母校開陽高中。高間得知消息後，立刻對她說：

「我有一個朋友在開陽高中當老師，下次介紹你們認識。」

麻衣子聽了很高興。

「太好了，原本我還爲要去一個完全陌生的學校，感到很不安呢。」

「她根本還是一個小孩子。」

她哥哥笑著說。

高間把她介紹給森川。他知道森川這個高中同學個性很好，很適合照顧麻衣子。

那年夏天，高間和麻衣子同時面對了重大的變化。麻衣子的哥哥死了。在酒吧內被黑道小混混刺殺身亡。那天並不是他値勤的日子，看到上班族在酒吧內被人糾纏，出手相救時遭人刺殺。兇手很快就抓到了。

麻衣子在守靈夜和葬禮時，情緒沒有特別激動，只是不時落淚。高間和森川一直陪著她，但她隻字不提哥哥的死，顯然在避談這個話題。

半年後，森川來找高間。他一臉尷尬地告訴高間，他打算向麻衣子求婚。高間並沒有太驚訝，因爲他早就察覺到森川的心意。

「我知道你也喜歡他，」森川說，「所以先來向你打聲招呼，如果沒有事先徵得你的同意，我心裡會很不舒服。」

高間點點頭，邀他一起喝酒。事實上，高間很滿意這樣的結果。因爲只要自己繼續當刑警，就不可能向麻衣子求婚。

「我很感謝你，」森川說，「因爲有你，我才會認識她。」

「別謝我，」高間說，「你這麼說反而讓我更火大。」

那天晚上，他們一起喝酒到天亮。

聽說麻衣子答應了他的求婚，但他們並不打算馬上結婚。她希望目前專心工作，等她對教育這件事更有自信後再結婚——當初是這樣回應了森川的求婚。

至今已經一年，這段期間，高間當然沒有和麻衣子見面。

離開森川的公寓後，高間叫小野回警署，獨自搭計程車前往手塚麻衣子家。小野似乎察覺高間有難言之隱，所以沒有多問。

手塚麻衣子住在昭和町最南端，附近一帶都是老舊住宅，有好幾棟外型相同的木造公寓。他們兄妹——如今只剩下她一個人——租了其中的一間。高間甩開了所有雜念，敲了敲門。

麻衣子開門看到高間時，吃驚地叫了一聲。在她開口之前，高間先拿出了警察證。

「我有事想要問妳。」

「北岡的事嗎？」她問。「沒錯。」高間回答。

麻衣子請他進屋後，他們在裡面的房間，面對面坐在矮桌前。這個三坪大的房間角落有一張書桌，上頭放著她死去哥哥的照片。

「我去了森川家，」他以公事化的口吻開口，「案發當天晚上，妳去了他家，是不是？」

「對。」她垂下雙眼。

「幾點去，幾點離開的？」

「七點去……差不多十點多離開。」

她的回答和森川吻合。

「聽他……聽森川說，最近妳的行爲有點反常。」
麻衣子抬起頭，但和高間目光相遇時，再度垂下雙眼。
「調查結果顯示，北岡去了森川的公寓，然後又離開了。」
高間看到她的臉頰抽搐了一下，又繼續說道：「妳是不是知道這件事？」
麻衣子低頭不語。高間心想，森川猜對了。
半晌後她才回答：「對。」高間不懂她爲什麼猶豫那麼久。
「妳怎麼知道北岡去過森川家？」
「因爲……那天，我看到他了。」
「看到他？看到北岡嗎？」
「對。」她縮起下巴。「那天晚上，我騎腳踏車從他家回來時，超越了正在堤防邊走路的北岡。如果他要去森川家，應該向我迎面走來。在得知命案發生時，我立刻察覺到，北岡知道我在森川家裡，所以才會往回走。」
高間恍然大悟，原來是這麼一回事。麻衣子很想把這件事告訴警方，但擔心和森川之間的關係曝光，所以遲遲開不了口。
「妳有和北岡打招呼嗎？」
「不，我想他應該沒有認出我。我戴了口罩，還把帽子壓得很低。」
高間猜想她應該不想被熟人看到，才會走堤防旁那條漆黑的路。

「妳在哪裡超越了北岡？」

「剛經過開陽高中不久。」

命案現場距離那裡大約兩百公尺。因此，麻衣子是在他遇襲前一刻遇到他。高間不由自主地心跳加速。

「當時北岡看來如何？」

「和平時沒什麼兩樣……我只是瞥了他一眼。」

「妳有看到狗嗎？」

「對，他帶著狗。」

「妳在超越北岡前後，有沒有看到其他人？」

麻衣子的嘴唇隱約動了一下，但立刻閉了嘴。沉默了很久之後，她才回答說：「有看到。」

「果然有看到，」高間吐出憋著的氣。「在哪裡看到的？」

「超越北岡後騎了一小段，迎面走來一個人。」

「是男人嗎？」

「對，是男人。」這一次，她斬釘截鐵地回答。

「個頭和身材呢？」

「個子應該很高，但我騎腳踏車，所以不是很清楚。」

「妳記得他的服裝和長相嗎？」

「不，」她搓了搓手掌。「因為太暗了，我沒有看到。遇到北岡時，因為光線的關係，才剛好看到他。」

「很暗嗎?妳沒有打開腳踏車的燈嗎？」

高間看著麻衣子的眼睛問。

「對，如果我開了燈應該可以看清對方的臉，但當時沒有開燈。」

接著她又補充說：「因為一開燈，我擔心別人也會看到我。」

「……原來是這樣。」

高間心情沉重，記下了她說的話。

查訪告一段落後，麻衣子站了起來說要泡茶。高間婉拒了，但她還是起身走去廚房。

喝著麻衣子泡的茶，高間的心情也稍稍放鬆。這時，他突然想到一個問題，「妳和森川什麼時候結婚？」

她默默地看著茶杯後回答：「我也不知道。」

之後，兩個人再度陷入沉默。三坪大的房間內，只聽到他們喝茶的聲音。

3

這是在棒球社新主將帶領下的第一次練習。宮本獲選爲新主將，田島很想知道他被選爲主將的理由，因爲他前一刻才知道這件事。

所有人排好隊後，宮本站在大家面前致詞，一、二年級的社團成員難掩困惑的表情，他們認定新主將是武志。

田島低頭偷瞄著身旁的武志。武志似乎對新主將的致詞不感興趣，像往常一樣，面無表情地踢著投手丘上的泥土。剛剛佐藤和直井告訴武志已經決定由宮本當主將時，他的反應也差不多。只以冷漠的眼神應了一聲：「是喔。」佐藤他們原本以爲武志會反對，看到他的反應，似乎有點洩氣。

成爲台柱，支撐著社團兩年的人，如今遭到了排擠，但當事人似乎不以爲意。

宮本致詞後，像往常一樣先跑步暖身，之後再兩人一組做柔軟操。田島主動和武志一組，雖然在運動場上跑了好幾圈，但武志臉不紅氣不喘。田島每次都覺得他的體力驚人。

「我以爲你會反對宮本當主將。」

田島推著武志的背，小聲說道。武志的身體很柔軟，雙腳張開超過一百二十度，胸膛也可以壓到地面。而且不用很大的力氣推他，讓田島覺得有點不夠盡興。

田島又說：「宮本他們很不滿北岡的做法，以後可能會大幅改變方針，恐怕會對你造成不利的影響。」

武志閉著眼睛，身體倒向田島推壓的方向。

「不會有什麼改變的。」

他的聲音不帶感情。

「是嗎？爲什麼？」

田島問，但武志沒有回答。

交換後，田島開始做柔軟操。他的身體很僵硬，所以很不喜歡做柔軟操。當他張開雙腿，武志推壓他的後背時，大腿內側痛得發麻。

武志推著他僵硬的身體靜靜地說：

「不會有任何改變，這些人只是在等待。他們以爲只要等待，自己就會得分。他們在等待對方投手投出容易打的球、等待對方出錯、等待有人擊出安打，甚至等待本隊的投手可以封殺對手的打線。這種人能夠有什麼改變？唯一的改變，就是以後不可能贏球了。」

田島彎著身體聽他說話，整張臉糾結在一起。這個男人應該從來不會等待，他不禁心想。

接著，開始練習防守。宮本握著球棒擊球。在田島的記憶中，北岡控球很精準，相較之下宮本差了一大截。宮本似乎也察覺了這一點，努力設法改進，但效果不彰，他不時偏著頭，感到很不滿意。

田島開始練習投球時，澤本走過來和他搭檔。北岡死了之後，澤本成爲正捕手，必須接須田的球。田島這麼告訴他時，澤本露出彆扭的表情。

「我沒辦法接他的球。」

「但總不能由我這個候補投手去當正捕手。」

田島向宮本說明了情況，宮本毫不掩飾臉上的不悅。這可能是他最不願意觸及的問題。

「現在還沒有決定澤本是正捕手，這個問題以後再慢慢討論。今天就先這樣吧。」那須田該怎麼辦？田島追問。然而宮本如同沒聽見般，繼續防守練習。

田島只好轉身走開，此時終於理解了武志剛才那番話的意思。這就是「等待」。遇到棘手的問題，他們會等待船到橋頭自然直，等待問題自然解決。

武志毫不在意這些事，開始和二年級的捕手練習遠投。他完全無意等待其他人爲他安排正捕手。

田島在無奈之下，只好開始練習投球。他總覺得心有愧疚，手臂無法用力伸展，丟出的球也無法令人滿意。

丟了幾十個球後，他看到武志跑去運動場外。田島的目光追隨著他，看到他跑向手塚麻衣子。武志和她聊了幾句，轉頭看著田島，向他招了招手，於是田島也跑了過去。

「對不起，打擾你們練球。」

她說。田島覺得她的聲音依然性感動聽。她遞給他們一個紙袋，田島打開一看，裡面有不少大福餅。

「給你們的點心。」

麻衣子笑著說，田島他們向她鞠躬道謝。

她四處張望了一下，吞吞吐吐地問：「森川老師在嗎？」

「他今天有事……」

田島語氣有點生硬地回答。因爲最近麻衣子和森川的關係成爲校園的熱門話題，聽說他們的關係扯上了北岡遭人殺害的問題，所以兩個人都被刑警找去問話。

麻衣子語帶遺憾地嘟囔說：「是喔。」

「找領隊有什麼事嗎？」

「對……警方爲了北岡的事來找過我，所以我想找他。」

不知道她是否知道這些流言，她落落大方地主動提起，田島不知道該怎麼回答。

「老師，刑警問妳什麼？」

剛才始終不發一語的武志直截了當地問。田島用責備的眼神看著他，但手塚麻衣子似乎並沒有感到不悅。

「也對，北岡是你們的朋友。」

她說了這句開場白後，把情況告訴了他們。那天，她爲了某件事去了森川家，回家的路上，看到了疑似兇手的男人。田島雖然知道她說的「某件事」是什麼，但還是假裝不知道。

「有看到兇手的臉嗎？」

田島鼓起勇氣問，麻衣子露出遺憾的表情。

「因爲我沒有打開腳踏車的燈，太暗了，所以沒看到。」

「沒有打開燈？騎腳踏車不開燈嗎？」

武志訝異地向麻衣子確認。

「對啊。刑警也說，如果我打開燈，一定會看到對方的臉。」

麻衣子面帶微笑地輪流看著武志和田島。「我就是爲這件事來找森川老師，你們回去練球吧，宮本和佐藤一臉殺氣騰騰地看著我們。」

田島回頭一看，那兩個人果然一臉驚訝地看向這裡。

「那……我走了。」

麻衣子向他們揮手道別。

田島和武志拿著紙袋走去宮本他們那裡。武志繼續回去練球，田島告訴其他人，是麻衣子送來的點心。

「喔，來找男朋友啊。」

佐藤露出惹人厭的笑容，田島假裝沒看到，轉頭看向宮本的方向。

「先不說這些，須田沒辦法充分練習，這樣不好吧。不管怎麼說，他都是我們球隊的王牌投手。」

田島略微加強語氣道，宮本無言以對。但一旁的佐藤立刻說：

「別擔心，須田有秘密練習。」

「秘密練習？」

「對，我曾經看到他在神社內練習。那天晚上下雪，在靜悄悄的神社內，只聽到球丟進手套的聲音，很有氣氛喔。」

佐藤故意搞笑地說。

——原來是這樣。

田島看著武志，覺得他很有可能這麼做。

「況且，」佐藤抬起眼睛說，「誰說他是王牌投手？我們很希望你可以加把勁。」

田島不理會佐藤一臉諂媚的表情，緩緩走開了，他已經不想反駁他們。隨著北岡的死，開陽棒球社的全盛期也落幕了。

田島走回去時，發現武志讓二年級的捕手蹲在地上接球。他好像被什麼附身般全力投球，菜鳥捕手毫無招架之力，好幾次都跌坐在地上。

4

手塚麻衣子的證詞相當重要，但偵辦工作並沒有大幅的進展。兇手是男人，從昭和町的方向走來。然而，光靠這些資訊無法進一步鎖定嫌犯。目前持續在現場附近查訪，但沒有得到任何有關麻衣子看到的那個男人的進一步資訊。

十天過去了，搜查總部漸漸出現了焦慮。目前已經調查了所有關係人，卻沒有發現任何有價值的線索，認為暴徒隨機殺人的聲音開始浮上檯面。

但是，包括高間在內的幾名偵查員反對暴徒隨機殺人說。北岡明身高超過一百七十公分，而且是運動員，即使遭到突襲也不可能輕易刺殺他。

「看到他的體格，暴徒恐怕不敢隨便惹他。」——一名偵查員這麼說道，高間也有同感。他認為是熟人趁北岡不備時動手攻擊。

但問題在於動機。目前沒有發現北岡和任何人結怨，也沒有發現任何人因為他的死可以得到什麼好處。

那天晚上，到底誰知道北岡明會去森川家？這個問題也討論了多次。最有可能的是森川。雖然他聲稱不知情，但說謊的可能性並非完全不存在，只是他和手塚麻衣子在一起，有不在場證明。有人認為可能是森川和手塚麻衣子共謀，但目前這種說法並沒有根據。當其他偵查員討論這些可能時，高間沒有表示任何意見。

如果不是森川，就有可能是棒球社的其他成員，但這也僅止於想像而已。偵查員無法想像他們會殺了自己的隊友。

這天傍晚，高間終於決定再度找須田武志談一談。

這是他第一次去須田家。須田家附近的窄巷錯綜複雜，簡直就像迷宮，沿途有很多矮小的房子，他問了好幾個人，才終於找到地方。

須田兄弟的家在一條沒有鋪柏油的窄巷內，和鄰居家的間隔很狹窄，房子幾乎快靠在一起了，玄關前有一條粗陋的水溝，只要稍微下大一點的雨，可能就會淹水。

高間抬頭看了一眼門牌。舊木板上寫著「須田武志」。他想起須田家是單親家庭，門牌上寫著武志的名字，一定是他們的母親認爲讓人從門牌知道家中無父親，會引來不必要的麻煩，所以才這麼做的吧。

高間回想起之前看到勇樹時的情況。那個少年曾經說，自己家裡沒那麼多錢，可以讓他們把打棒球當遊戲。

原來如此——他看著搖搖欲墜的木造小屋，不由得嘀咕道。

「有人在家嗎？」

他叫了一聲拉開門，沒想到一個人立刻出現在他面前，高間嚇了一跳。仔細一看，就是之前見過的少年——須田勇樹。

勇樹正坐在矮桌前寫功課。

「唷。」高間向他打招呼。

勇樹露出緊張的表情，但似乎立刻想起高間是誰，對他露出了笑容。

「你好。」

「只有你一個人在家嗎？」

高間看著裡面的房間。紙拉門敞開的裡間只有一坪多大。

「我媽媽要加班……你找哥哥嗎？」

「對，我有事想要問他。」

「是嗎？」

勇樹放下鉛筆，從裡間拿出坐墊，遞到高間面前。可能是他媽媽交代過，家裡有客人時，要拿坐墊給客人。

「之後有沒有什麼新情況？你們有沒有聊命案的事？」

高間把坐墊放在門邊，坐了下來。勇樹搖了搖頭。

「不，很少聊……大家差不多有點膩了。」

「嗯，也許吧。現在都在聊什麼話題？」

「什麼話題……」勇樹偏著脖子。「對了，今天大家都在說東京奧運紀念幣的事，聽說有人特地排隊去買。」

高間也在報紙上看到，四月十七日開始發售的紀念幣很受歡迎，民衆在金飾店門口大排長龍搶購。

「原來如此，今年是東京奧運年。」

現在的高中生活多采多姿，和自己無關的事很快就會被遺忘。

高間看著勇樹面前的矮桌上放了一本舊的英文教科書，在一張白紙上寫了密密麻麻的英文。那張白紙是附近商店的廣告單，他利用背面當練習紙。

「你眞用功，」高間發自內心地稱讚。「你哥哥怎麼樣？」

「什麼怎麼樣？」

勇樹一臉訝異，眼珠子骨碌碌地轉了一下。

「提到須田投手，大家都說他是天才，但我想他應該也比別人更努力。」

「那當然，」勇樹加重語氣說道，似乎對別人的這種說法不以爲然。「雖然哥哥的才華不同凡響，但他的努力更驚人，別人根本不可能像他那樣練球。我不太會說……反正他很厲害。」

說完，他發現自己說得太大聲了，微微紅了臉。他的舉動讓高間對他產生了好印象。

「他放學回家之後，也會自己去練習吧？」

「會啊，」勇樹說，「他幾乎每天都去，在附近的石崎神社練習。」

「石崎神社喔……」

高間之前從北岡里子的口中聽過這個名字，北岡明也去那裡練習。這代表他們果然一起練習。

高間正在思考，玄關的門突然打開了，一個陌生男人出現在門口。高間嚇了一跳，對方也吃了一驚。兩人互看了幾眼後，那個中年男子走了進來。

他身穿鼠灰色工作服，臉色紅潤，稀疏的頭髮抹了髮油後，緊貼著頭皮，像西瓜一樣鼓起的肚子很奇怪，渾身散發出酒味。

「須田太太還沒回家嗎？」

中年男子問勇樹。原來是來找勇樹的母親。

「還沒有，今天會很晚回家。」

高間發現勇樹不悅地皺起了眉頭。

「是嗎？那我就等她回來。」

說完，他打量著高間，似乎在問他是什麼人。

「她還要很久才會回來。」

勇樹說，但中年男子自顧自地準備脫鞋子。這時，高間開了口。

「要不要晚一點再來？您住在附近吧？」

男子已經脫了一隻鞋子，瞪著高間問：「你是誰？」

高間只好拿出警察證，男子頓時臉色大變。

「是刑警嗎……喔，是爲了開陽學生被殺害的事吧？和須田家的孩子有什麼關係嗎？」

「不，我只是想問他一些情況。」

「是嗎？我叫山瀨，在前面開鐵工廠。他媽媽再三拜託，我便借了一些錢給她。但期限已經過了，她仍然沒有還我，所以上門來收錢。」

高間不理會男子擠出難看的笑臉，轉頭看著勇樹，勇樹盯著矮桌。

「就是這麼一回事。既然我已經來了，當然不能空著手回去囉。」

山瀨脫下了另一隻鞋子，打算從高間身邊走進屋內。這時，玄關的門又打開了。

「你在這裡幹什麼？」

說話的聲音很低沉，已經一腳踏進房間的山瀨嚇了一跳。

「你是上門來要錢的吧，不要隨便進我家。」

武志抓著山瀨的肩膀。看到山瀨回頭時害怕的表情，高間有點驚訝。

「我向你弟弟打過招呼了……」

「你走吧。」武志靜靜地說，「只要一有錢就會還你，還會加上利息。這樣你滿意了吧？」

「但我要知道什麼時候能還錢。」

山瀨嘴上這麼說，但已經開始穿鞋。

「不會讓你等太久的，我們也不想再和你這種人打交道。」

高間以爲山瀨會反駁，沒想到他只是撇著嘴，什麼都沒說。然後用力打開門，搖晃著肥胖的身體離開了。

「他好像很怕你。」

高間說。很難想像那種人遇到高中生就退縮了。

「只要哥哥在，他就不敢耀武揚威了。」

勇樹也說，但武志悶不吭氣地走過高間身旁進了屋。由於他個子很高，頭快撞到橫樑了。他在勇樹旁坐了下來，脫下棒球衣問：「老媽呢？」似乎根本不把刑警放在眼裡。

「媽今天要加班。」

「是喔。她不必那麼辛苦，早點回來就好。」

武志走去廚房，喝了一杯水又走回房間，才終於在高間面前坐了下來。「找我有什麼事？」

高間說：「聽說你每天晚上都會去練球。」

武志立刻轉頭看著弟弟，勇樹縮著頭。可能武志平時警告過他不要亂說話。

「聽北岡的媽媽說，他也不時出門說要去練球，地點也在石崎神社。他是不是和你一起練球？」

武志緩緩點頭，回答說：「沒錯。」

「果然是這樣。那天晚上他沒有去神社，你事先知道嗎？」

「不，我不知道。」

「不知道？所以他放你鴿子嗎？」

「不，北岡並不是每天都來。原本是我一個人在那裡練習，北岡知道後，只要他有空，就會來陪我練球．所以，那天晚上我只覺得他又沒來而已。」

原來是這樣。高間不禁有點失望。他原本以爲北岡會告訴武志那天沒有去練球的理由。

「目前偵辦的情況怎麼樣？」

或許是因爲高間不說話，武志主動問他。還眞難得，高間心想。

「很傷腦筋啊。」他據實以告。

「聽說手塚老師看到了兇手。」

高間驚訝地看著他的臉。

「你怎麼知道？」

「今天聽老師說的。」

「是喔……」

「而且，之前也聽到了傳聞，包括她和領隊的關係。」

「……」

雖然高間沒有把他們兩個人的關係說出去，但可能有偵查員透露給報社記者了。高間心情有點鬱悶。

「手塚老師說，她沒有看到兇手的臉。」

「對，好像是因爲光線太暗了，所以沒看到。她沒有打開腳踏車的燈。」

「所以沒有參考價値嗎？」

「嗯，不如預期。」

「眞遺憾。」

「我也有同感。」高間皺著眉頭。

他道謝後離開了須田家，慢慢回想著來時的路徑往回走。太陽已經下山，路更加不好找。最後花了比來時多一倍的時間，才終於回到大馬路上。

正當他鬆了一口氣時，後方傳來有節奏的腳步聲，回頭一看，武志穿著運動服跑了過來。現在似乎是他訓練的時間。

「你眞拚啊。」

武志經過身旁時，高間對他說道。武志輕輕舉起右手回應了他。

——眞了不起。

高間忍不住自言自語道。武志的身影在他的視野中越來越小，隨即消失在黑暗中。

5

東西電機的炸彈案發生已經多日，連負責的偵查員都幾乎快忘了這個案子。因爲他們原本就不認爲這是一起大案子，既沒有造成危害，歹徒也不打算引爆。即使順利抓到了歹徒，最後也很可能以惡質的惡作劇結案。這一個月間發生了多起重大刑案，人手原本就不足，根本無暇理會這種惡作劇。

但警方並沒有完全放棄，一開始就已經查出了炸藥的來源。

炸彈所使用的炸藥，是兩年前從本地國立大學偷來的。那所大學有工業化學系，歹徒從該系的火藥庫中偷走炸藥。校方報了案，幸好之後那些炸藥並沒有用於犯罪。

雖然目前有部分偵查員正在調查東西電機是否遭人怨恨，但並沒有積極地進行。

然而，眼前發生了令他們緊張不已的狀況。

東西電機董事長中條健一的家中收到了恐嚇信。所有偵查員立刻聚集在島津署的會議室內，每個人都拿到了一份恐嚇信影本。縣警總部搜查一課的上原也在其中。

信上的字體四四方方，簡直就像用尺畫出來的。內容如下。

致中條健一先生

一個月前，曾經有人造訪了貴公司，之後，因為我方準備工作延誤，所以遲遲未聯絡，對此深表歉意。

不說廢話，直接進入主題。

除了上次奉送的以外，我們手上還有幾顆炸藥，一旦使用就可以輕而易舉地把貴公司的一、兩家工廠夷為平地。相信藉由上次的例子已經知道，要在貴公司放置炸彈易如反掌，但是，我們並不希望大肆殺戮。

不如來做一筆交易，希望您立刻準備一千萬圓現金，只要我們拿到錢，就會中止爆炸計畫。

交易將在四月二十三日進行。請您帶著錢，在下午四點半在島津車站前一家名叫「懷特」的咖啡店等候。錢請放在黑色手提包內，並在手提包的把手綁上白色手帕。交易時，必須由中條健一先生隻身前往，我們認識您，所以不得找人代替。

一旦發現有警方介入，將立刻中止交易。

為了證明上次的炸彈是我們所送的禮物，特地附上當時製作的定時裝置構造和尺寸，這是報章雜誌上並未公布的細節。

期待結果令人滿意。

約定者

根據總部部長的說明，這封恐嚇信在今天早上送到中條的家中。紀美子夫人打開信後，大驚失色地打電話到公司，聯絡了中條董事長。董事長毫不猶豫地報了警。信封上的郵戳是島津郵局，和東西電機只有咫尺之距。

偵查員對於這封恐嚇信發表了不同的意見。首先討論了這封信是否眞的出自放置炸彈的歹徒之手？大家一致同意這一點應該沒有問題，因爲信中詳細說明了定時裝置，其中包括了只有歹徒才會瞭解的細節。

「他們手上眞的還有其他炸彈嗎？」

轄區的刑警問。「根據我們的調查，那所大學被偷的炸藥只有上次那些，我認爲歹徒只是在恐嚇。」

「我認爲有這個可能，但不能大意，歹徒可能在好幾個地方偷了炸藥。」

總部部長謹愼地表達了自己的看法。

「歹徒會不會是什麼革命組織？」

有人問道。

「不，如果是革命組織，會有更確實的管道購買武器，而且也不可能只要求金錢。」

上原回答，有幾個人同意他的看法。

「對，革命組織一定會提到資本主義如何如何。」一名中年資深刑警說。

歹徒指定的日期就是明天，大家都同意姑且按歹徒的要求行動。雖然目前不瞭解對方是一個人還是多人，總之只要有人出面拿錢，就可以順利緝捕歸案，反正歹徒手上並沒有人質。

接著，部長安排了人員的配置。除了派人在島津車站附近和咖啡店監視，還安排了數輛跟監用的車輛。歹徒不可能在咖啡店交易，一定會要求轉往其他地方。

幾名偵查員今晚就進駐中條家，上原也在其中。

中條健一風度翩翩，不難想像他年輕時的英俊帥氣，舉手投足和言談之間，都可以感受到他的氣宇軒昂，看到偵查員進駐家中，並沒有露出不悅之色。

「中條先生，歹徒可能和您有什麼私仇，您有沒有想到可能的對象？」

上原的上司桑名直截了當地問。當時上原也在一旁，和中條面對面坐在客廳。

「不太清楚，我想應該不會有這種事。」

中條不安地偏著頭，也許這個世界上很少有人知道誰痛恨自己。

「看到『約定者』這個名字，您有沒有想起什麼？」

「沒有，不知道歹徒寫這些話是什麼意思……」

桑名也沉默不語，他似乎想不到還可以問什麼。

上原來這裡的途中，調查了中條健一的簡單經歷。他原本是東西電機母公司東西產業的員工，在戰爭期間負責軍方業務。戰後不久，成立東西電機後，他也調到新公司工作，在第一任董事長渡部的手下擔任顧問時大顯身手。中條的夫人紀美子是渡部的獨生女。

有偵查員認爲，中條一路平步青雲、步步高升，很可能招來嫉妒。警方將視明天的案情發展，決定是否要調查這方面的情況。

紀美子端著咖啡現身。她穿了一身素雅的和服，長相也很普通，難以想像她是董事長千金。上原覺得她應該是默默在丈夫背後奉獻的賢淑妻子。

「請問您們有沒有孩子？」

看到紀美子出現後，桑名改變了話題。中條臉上的表情柔和下來，搖了搖頭。

「很遺憾，我們沒有一男半女。一方面也是因爲我們太晚結婚了。」

「不好意思，請問您是幾歲結婚的？」

「差不多快四十才結婚，因爲之前在打仗。」

中條開始抽菸，紀美子向衆人欠身後走出房間，可以隱約感受到他們夫妻不願意談及這個話題。桑名也敏感地察覺到了，便沒有繼續追問。

原本以爲歹徒可能會打電話來，但直到翌日下午，都沒有接到任何電話。約定的時間一分一秒逼近，中條不得不準備出發了。

一名偵查員擔任中條的司機，上原和其他人的車子緊跟在後。有多名偵查員已經在歹徒指定的地點監視。

中條的車子在四點二十分到達了島津車站。車子停在路上，只有中條下了車。上原在隔了一個路口的地方停車觀察情況。坐在副駕駛座上的桑名拿出了望遠鏡。

中條穿著做工考究的三件式灰色西裝，和附近一整排廉價商店格格不入。東西電機就在附近，那裡的員工應該作夢都想不到，他們的董事長會出現在這種地方。

中條四處張望了一下，拎著皮包緩緩邁開步伐。上原發現到處都有偵查員的身影，但在外人眼中只是很平凡的站前景象。

名叫「懷特」的咖啡店很俗氣，和大眾食堂相差無幾，中條推開玻璃門走了進去。

「可以看到裡面的情況嗎？」

上原問拿著望遠鏡觀察的桑名。

「不，完全看不到。」桑名回答。

十分鐘後，中條走出咖啡店，手上仍然拿著皮包，但神情有點緊張。

中條左顧右盼，卻沒有走向自己的車子，而是去了計程車招呼站，坐上了等在那裡的計程車。上原發動了引擎。

「歹徒應該已經和他聯絡過了。」上原說。

「嗯，想必打電話到店裡了。」

計程車穿越商店街向南行駛，上原他們也緊跟在後。

行駛了二十分鐘左右，車子來到昭和車站前，中條正在付錢。他手上仍然拿著皮包，等一下應該會有偵查員去向計程車司機瞭解情況。

中條小心翼翼地抱著皮包，沿著圓環緩緩向前走，不一會兒，他在一家香菸店停下腳步。店門口有公用電話。

「該不會……？」

上原的話音未落，香菸店的老闆就接起了紅色電話，然後問了中條什麼。歹徒打電話來了。

中條接過電話，不知道說了什麼。上原觀察四周，因爲歹徒一定在附近觀察中條的一舉一動。

這次通話出乎意料地長，中條用手掩著聽筒說話，可能怕被香菸店的老闆聽到吧。

結束通話後，中條抱著皮包再度邁開步伐，在公車站停了下來，把皮包放在長椅上。長椅上坐了一位老婦人。

「究竟做何打算？」桑名傾身向前說道。

「啊，中條先生！」

上原叫了起來。因爲中條放下皮包後，快步走進了身後的書店。

「歹徒打算拿了皮包逃走嗎？」

桑名用望遠鏡凝視著皮包，上原也目不轉睛。有偵查員不知道從哪裡走了出來，在皮包附近徘徊，一旦歹徒出現，隨時準備上前抓人。

然而，等了好幾分鐘，皮包仍然留在原地。等公車的乘客中，有人發現了皮包，但沒有人拿起來察看。

僞裝成路人的偵查員走進書店，想要確認歹徒的指示。中條先生應該還在書店裡。

「歹徒是不是放棄了？」桑名嘟囔這句話時，走進書店的偵查員臉色大變地衝了出來，直接跑向他們。

「糟了！」偵查員說道：「中條先生不見了，他好像從後門離開了。」

整起事件令人摸不著頭緒。裝了一千萬圓的皮包留在原地，中條卻被歹徒帶走了。分析整起事件的經過，顯然歹徒原先的目的就是爲了綁架人質。

桑名和上原等人在中條家待命，大家都幾近沉默，滿臉疲憊。

「中條太太呢？」其中一人問道。

「在二樓，可能不想看到我們。」另一名偵查員回答。

「我能理解她的心情，我也覺得很窩囊。不過，到底是爲什麼……」

歹徒爲什麼要這樣做？他把這個反覆問了多次的問題吞了下去。

有兩種可能。第一，歹徒之後才眞正開始恐嚇。也就是以中條爲人質，要求更高額的贖款。

另一個可能，就是歹徒對中條懷恨在心，所以採取這種方式擄人。這些偵查員心裡都很清楚，如果是這種情況，中條可能凶多吉少。

上原瞪著客廳的電話。他們在等待歹徒來電。如果歹徒打電話來要求贖款，代表還有希望，中條仍然活著的可能性相當大。

兩個小時過去了，對偵查員來說，漫長的等待讓他們胃都痛了。

沒想到——

八點左右，玄關有了動靜。二樓傳來紀美子下樓的腳步聲。偵查員正豎耳細聽玄關的動靜時，卻傳來紀美子的驚叫聲。

「老公，到底怎麼回事？」

桑名和其他在客廳內的刑警全都衝到了走廊，看到站在玄關的男人，大夥都傻了眼。

中條一臉疲憊地站在門口。

整理中條健一的談話內容後，情況大致如下。

中條在懷特咖啡店等待時，店裡的電話在四點半準時響起。他接過電話，傳來一個男人模糊的聲音，叫他立刻搭計程車前往昭和車站。車站前有一家香菸店，讓他等在香菸店的公用電話前，五點整會電話聯絡。

五點整，公用電話響起。香菸店的老闆問他是不是中條先生？他回答「是」後，老闆把電話交給他。

電話裡頭是同一個男人的聲音。把皮包放在旁邊公車站的長椅上，你走進書店。書店有後門，從後門離開——這就是電話中的指示。

他按照指示走出書店，來到一條人煙稀少的小巷。

「一走到巷子，身後就有什麼東西頂著我。我不知道是刀子還是槍，對方是一個中年胖男人。我依他的指示繼續往前走，發現馬路旁停了一輛車子。那輛黑色的車子好像是王子汽車的『Gloria』。一坐上車，那個男人就用布蓋住了我的嘴巴。我還來不及叫出聲音，就失去了意識。我想布上應該有氯仿。」

當他醒來時，發現自己倒在光線昏暗的地方，四周有很多空紙箱。他以爲自己遭人監禁，沒想到出口的門沒有上鎖。走到外面一看，更加驚愕不已。因爲那裡是距離中條家不到五百公尺的廢棄大樓。於是，他就滿臉驚訝地回到家裡。

偵查員聽他說完後，立刻趕到那棟大樓，發現那棟建造在荒地上的房子搖搖欲墜，隨時都會倒塌。

「建造這棟大樓的公司在大樓還沒完工時就倒閉了，裡面連樓梯也沒有，沒想到歹徒會帶你去那種地方。」

中條聽了偵查員的說明，不禁嘆了一口氣。

偵查員徹底調查了大樓內的情況，並沒有人躲藏在裡面的跡象。

警方無法猜透歹徒到底有什麼目的。雖然用十分巧妙的方法綁架了中條，卻什麼都沒做就放了人，完全搞不清楚歹徒在想什麼。

「歹徒對東西電機有深仇大恨。」桑名仰頭看著廢棄大樓說道，「歹徒什麼都不想要，只想做這些充滿惡意的惡作劇。」

於是，我們就被這些惡作劇耍得團團轉——上原聽了桑名的話後想道。

6

一大清早，聽到這個消息時，田島正在自己的房間用功。他拿起即溶咖啡，正打算再解一題數學習題時，電話響了。

田島想讀法律系，他希望可以考進公立或是一流的私立大學，升上三年級後，他就開始用功讀書。

——如果是王牌投手，就沒有這麼多時間讀書了。

最近他經常這麼想，雖然其中隱含一絲自暴自棄，但有一半是出自眞心。只有候補投手才可能在一大清早用功讀書。

這時，接到了佐藤打來的電話。

佐藤的聲音發抖。向來辯才無礙的他只是要通知田島一件事，卻結結巴巴了好幾次，才終於把話說完。

然而田島聽完他說的話，身體也忍不住發顫。就算回到自己的房間，仍然顫抖不已。他心跳加速，感到輕微的噁心和頭痛。

田島腦筋一片混亂，完全不知道自己目前該思考什麼，也完全無法整理自己的思緒。

腦海中浮現出幾個畫面。他只能呆然地回味接二連三地出現在腦海中的這些畫面。

那是田島剛進棒球社的日子。

他進棒球社的動機很單純，一方面想要在高中時代做些什麼，另一方面，他在國中時就在打棒球，所以就順理成章地加入了棒球社。當時，開陽棒球社是出了名的弱隊，根本沒有目標之類的東西。他們那一屆有二十個新生想要參加棒球社，大多數人的動機都和田島差不多。

當時棒球社的主將，三年級的谷村要求新生列隊後，發表了長篇大論的演說，說什麼如果只是想玩玩而已，就不可能在社團待下去，只有強者才能在棒球的世界生存，都是一些形式化、缺乏說服力的內容。

整天跑步的第一個星期結束後，學長開始測試新成員的實力。沒有打過棒球的人練習傳接球，打過棒球的人則練習接內、外野的球，有投手經驗的人則試投五、六球。

只有包括田島在內的三個人自稱是投手。

最先投球的是名叫松野的男生。他在跑步時跑得很快，練習結束後，也都不幫忙整理，只顧著聊中學時代的當年勇。

松野裝模作樣地站上投手丘，在眾目睽睽之下投出了第一球。是一個豪邁的上肩投球。球離開他的指尖後，勾勒出白色的軌跡，捕手用手套接住了球。

緊張的氣氛稍稍緩和下來。尤其是當時的王牌投手，三年級的市川暗自鬆了一口氣，面帶笑容地和身旁的其他人聊天。想必是看到松野的球，知道王牌的寶座不會被人奪走而安了心。

不知道是否察覺到這種氣氛，松野露出不滿的表情。

「我主要是投曲球。」

接著他投了兩個曲球，又投了一個直球。當他再度做出投球姿勢時，主將谷村叫他不用再投了，並叫他從明天開始，和野手一起練習。松野哭喪著臉，要求讓他再投幾個球，谷村沒有理會他。

接著，換田島站上投手丘。他忍不住有點緊張。

田島使用下勾法投球。他在國中二年級時改用這種方式投球，國三時靠這個姿勢打進了縣賽前八強。他擅長的是曲球和滑球，但有松野的前車之鑑，所以他覺得還是不說為妙。

他輕輕地投了第一顆球，沒想到頗有威力。大家臉上都浮現出驚訝之色。

投第二球時，他稍微加快了速度，比剛才的球更令人滿意。王牌市川的表情嚴肅起來。

谷村問他，能不能投曲球？田島決定投出自己擅長的球。他各投了兩個曲球和滑球，全都令他感到滿意。第二個曲球有一定的落差，臨時上場的捕手差一點沒接到。

「很好，」谷村滿意地對他說，「你是哪一所中學的？」

「三吉中學。」田島回答。

「難怪，三吉很強。」

於是，谷村命令他明天開始也要練習投球。

在那一刻，田島深信自己已經搶到了王牌投手的寶座。因爲他知道市川和第一候補投手的二年級生都球技平平。

田島在心裡爽翻了，根本沒把下一個投手放在眼裡。

有一部分新進社團的成員對第三個投球的男生另眼相看，由於他所讀的國中並沒有什麼出色的戰績，所以田島不太瞭解他，只記得有人說他很厲害。但他是個不起眼的人，田島也不記得曾經聽他說過話，甚至忘了他在自我介紹時說了什麼。不過，田島發現谷村和其他人聽到他的名字時，表情有點不一樣。

那個男生把球拿在手上把玩了幾次後，緩緩做出投球動作。他的動作並不花稍，卻投出一個流暢而漂亮的上肩投球。他將重心完全放在軸心腳上，之後的重力移動也很順暢。右臂像鞭子一樣從彎成弓形的肩膀下甩出，球如同彈簧一般飛了出去，轉眼間就進入了捕手的手套。

太快了！田島心想。

所有人都陷入短暫的沉默。接到球的捕手也暫時忘了還球。

之後，他又連續投了三個球。張嘴愣了半天的谷村似乎終於回過神，問他：

「你會投曲球嗎？」

他問了和剛才問田島時相同的內容。那個新生回答，沒有正式投過變化球。

「所以，剛才的速球是你表現最好的球。好，沒問題，你也從明天開始練習投球。」

谷村心情大好地說。

——恐怕要和這傢伙爭奪王牌投手的寶座。

田島緊張地這麼想時，那傢伙在投手丘上自言自語地說：

「這不是最好的球。」

聽到這句話，谷村停下了腳步。「你說什麼？」

那傢伙問谷村：「我可以再投五個球嗎？」

「是沒問題啦……」

谷村還想問什麼，那傢伙已經自顧自地開始做投球準備。捕手慌忙戴上手套。

田島發現他的動作幅度比剛才大，右臂畫著圓弧，投出去的球以驚人的速度瞬間穿越眾人的視野，比剛才的球快很多。

「好快……」

松野在田島旁邊低語。他忘記自己前一刻被剝奪了投手的資格，呆然地張大嘴巴。不光是他，谷村和其他所有人都瞠目結舌。

眞正驚人的還在後面。

那傢伙又繼續投了兩球，球速越來越快。沉默的運動場上只聽到他和捕手之間傳球發出的清脆聲響。

壓軸的是最後那一球。他像彈簧般的身體彷彿凝聚了最強大的力量，在剎那間縮起後，手臂用力一甩——就連田島所站的位置也可以聽到「咻——」的聲音。白球已經飛到本壘板上，伴隨著響亮的聲音落入了捕手的手套。三年級的捕手則在球力的衝擊下，一屁股跌坐在地上。

所有人都嚇到了。坐在地上的捕手也愣在原地，這種狀態持續了半晌。

主角在投手丘上淡然地看著大家。

——這就是我的球。

田島覺得他似乎在如此昭告眾人。

他就是來自東昭和中學的須田武志。

那年夏天，開陽的須田在高中棒球界打響了名號。在全國高中棒球全縣預賽的第一輪比賽中，開陽遇到了強手佐倉商業隊。佐倉商業隊在那年春天參加了甲子園的選拔賽，被公認是全縣最具冠軍相的球隊。

由於雙方實力懸殊，所有人都認爲比賽的結果顯而易見。事實上，比賽時只有選手的家人去爲開陽加油，就連選手也不認爲自己有機會贏，缺乏爭取得幾分，或是不讓對手隊得分領先幾分之類的目標。

果然不出所料，開陽隊的王牌投手市川在第一局就被盯上了。打者打中球心後，球飛到正前方，導致一人出局。但這種幸運並沒有持續，對佐倉商業的打者而言，市川用盡吃奶的力氣投出的球，個個都是好球，簡直就像可以自由自在地控制球棒，輕而易舉地擊中。在對方的眼中，市川投的球沒有任何殺傷力。

轉眼間對手隊就得了一分，而且面臨了一人出局，二、三壘有跑者的局面。那時候，比賽開始還不到十分鐘。站在投手丘上的市川臉色鐵青，用力喘著氣，疲憊的樣子好像已經投了好幾局。佐倉商業隊的休息區傳來笑聲。

這時，開陽的領隊森川要求換投手。市川被換下場，由一年級的須田武志上投手丘，對手隊的休息區立刻傳來起鬨聲，可能認爲開陽隊已經喪失了戰意，但在武志開始投球練習時，喧鬧聲漸漸平息下來。

比賽重新開始。

武志的第一球大大偏離了外角的好球帶，第二球也是明顯偏高的壞球，對手開始嘲笑他不會控球。田島之前從來沒有看過他控球這麼差。

然後，他投了第三個球。球一離開他的手，想必每個人都在心裡驚叫了一聲：「危險！」那是一個投在內側的快速球，打者試著跳開卻閃避不及。隨著沉悶的聲音，他按著側腹蹲了下來。

對手隊的幾名選手跑了過去，北岡也擔心地探頭張望。武志脫下帽子，走下投手丘。

不一會兒，打者終於站了起來，微微皺著眉頭跑向一壘。選手回到了各自的位置，比賽重新開始。這是球賽中很常見的一幕，並不值得大驚小怪。大家只覺得第一次登板的一年級投手，因爲過度緊張導致控球失誤。

所以，武志向下一位打者投出的第一球出乎所有人的意料。那又是一個內角偏高的快速球，而且剛好擠進好球帶。打者可能想到剛才的觸身球，身體往後一閃，沒有揮棒。

第二球也是相同路線。打者揮棒，卻連球邊也沒有擦到。

第三球是偏向外側的外角慢球，沒想到打者伸長手臂揮棒擊球。球棒前端碰觸到的球滾到武志面前，馬上又傳到捕手和一壘手手中，結束了第一局上半場。

開陽的選手喜出望外，但佐倉商業的選手都一臉茫然。原本他們以為在第一局就可以贏十分，沒想到只贏了一分而已。

這種氣勢立刻對下半場產生了影響。對手隊的投手連續投出四壞球，開陽及時打出一支三壘安打，轉眼之間就以二比一暫時領先。佐倉商業隊終於沉不住氣，趕緊換了投手。因爲和開陽比賽的關係，他們原本只派了候補投手上場。

王牌投手上場後，開陽在那一局沒有繼續得分，但佐倉商業顯然慌了手腳。只要須田武志一投球，他們就像著了魔似的急著揮棒。武志用慢球和剛學會的曲球打亂了對方的步調，時而用他擅長的速球瞄準對方的胸口，令對方嚇得腿軟。佐倉商業隊的打線完全無法發揮，開陽的野手在防守時，表現出一種即使在練習中也不曾見過的輕快。

比賽在這種情勢下持續進行，開陽隊的休息區也可以聽到佐倉商業領隊的怒吼聲。開陽隊聽到這個聲音越來越放鬆，對手卻越來越緊張。

第九局上半場，武志也以三振終結了對方三名選手時，佐倉商業隊仍然一臉難以置信的表情。開陽隊也一樣，甚至在本壘前列隊時都晚了好幾拍。

「第一局上半場決定了一切。」——面對記者的發問，兩校的領隊說了相同的話。開陽的森川還補充說：「投了那個觸身球後，須田決定豁出去了。」對手隊的領隊先稱讚了武志：「這是一個可以盡情投球的優秀投手。」然後心有不甘地說：「照理說應該好好利用那個觸身球，沒想到本校隊的選手反而嚇到了。」

那個觸身球的確扭轉了局勢，因爲這個觸身球使對手滿壘，才會有之後的雙殺出局。「確實因爲那個觸身球而因禍得福。」——主將谷村也這麼說，他還說：「看到須田接連投出壞球時，我還爲他捏了一把冷汗。」

田島也這麼認爲，原來須田也會緊張啊。

那天回程的電車上，他才得知眞相。北岡剛好坐在他旁邊，田島便提起了這件事，然而北岡聽完臉色一沉。

「你以爲這是偶然嗎？」

「偶然？」

「那個觸身球，你以爲是剛好打中對方嗎？」

「……」

「須田是故意的，我太清楚了。」

「爲什麼要這麼做……？」

「爲了之後更容易收拾他們，你不也看到佐倉那些人嚇得屁滾尿流嗎？」

田島驚訝地望向武志。北岡在他耳邊繼續說：「他就是這種人，投觸身球也是高手。」

武志一臉淡然地看著車窗外的風景，似乎忘記了自己前一刻才立了大功。

在之後的比賽中，都是由武志登板投球。最後雖然因為隊友的失誤，在第三輪比賽中落敗，但經由這次大賽，須田的名字傳到了縣外。

田島回想起武志這兩年來的投球表現，每一場比賽在田島眼中都很神奇。完全比賽、奪二十次三振、連續三場完封——但每場比賽最令田島驚嘆的，就是武志的精神狀態。無論面臨任何狀況，他都可以保持沉著冷靜，彷彿有一顆冰塊做的心臟。他冷靜得令人害怕。

——他是個狠角色，是個無人能出其右的狠角色……

田島咬著嘴唇。

然而，這位天才投手須田被人殺害了。

留言

マキュウ

1

須田武志的屍體在石崎神社東側的樹林中被人發現。發現屍體的是每天早晨在這附近散步的老太太。

屍體腹部中刀，警方判斷腹部的傷應該是致命傷。地面上清楚留下了掙扎的痕跡。

「太殘忍了。」

其中一名偵查員低聲感嘆。武志的整個右臂都被砍了下來，屍體周圍流出了大量血跡。

「刺中腹部的手法和被殺害的北岡明相同，是同一兇手所爲嗎？」

小野低頭看著屍體問。

「目前還不清楚。」高間小聲回答，「雖然他們都被刺中腹部，但北岡的手臂沒有被人砍掉。」

「但他的狗被人殺了。」

「……的確。」

狗和右臂——到底是怎麼回事？高間忍不住自言自語。

高間走到法醫身旁詢問凶器是什麼。法醫村山約五十多歲，推了推度數很深的眼鏡回答：

「應該和之前那名少年的相同，是薄型的小刀，不是菜刀或登山刀。」
果然是同一個兇手所爲嗎？
「手臂也是用那把刀子砍下的嗎？」
「不，那種刀子無法砍下手臂。」
「那是用什麼？」
「十之八九是鋸子。」
「鋸子……」
「對，而且花費了相當長的時間。」
鋸子——高間忍不住嚥了嚥喉嚨。在沒有人煙的神社樹林中，用鋸子鋸下屍體手臂的兇手身影，難以想像是正常世界會發生的事。
「大致的死亡時間呢？」
「昨晚八點到十點左右，詳細情況要等解剖報告出爐才知道。」
和北岡被殺時的時間相同。高間暗忖。
他陷入沉思時，聽到小野叫他。小野和鑑識課的人一起彎腰看著屍體旁。
高間走了過去，小野告訴他：「好像寫了什麼字。」
「字？」
「在這裡。」

小野指著屍體右側的地面。仔細一看，的確用樹枝在地上寫了什麼字。那四個字看起來像是片假名。

「是 a-ki-ko-u……嗎？」

「嗯。」

的確如小野所說，看起來像是「a-ki-ko-u」，卻不知道是什麼意思。

「看不懂。」高間偏著頭思考。「眞的看不懂，也不像是人名。」

高間在嘴裡唸了好幾次。a-ki-ko-u、a-ki-ko-u……

「如果是須田武志寫的，這也是和北岡明遇害的不同之處，北岡並沒有留下任何訊息。」

「對啊。」

高間看似漫不經心地聽了之後，轉身準備離開，但立刻停下了腳步。

——北岡也留下了訊息。

高間走了回去，重新確認那幾個字，心臟用力跳了一下。

「小野，那不是 a-ki-ko-u，第一個字不是 a，而是 ma，第三個字不是 ko，而是 yu，而是 ma-ki-yu-u……魔球。」[3]

須田母子正在石崎神社的辦公室等著，因爲之前負責北岡事件的關係，所以由高間他們去向這對母子瞭解情況。眞不想去啊！高間心想。

在轄區刑警的陪同下，須田志摩子和勇樹坐在狹小辦公室的冰冷榻榻米上。他們面前放了茶，但兩人都沒有喝，茶的溫度和房間內的空氣一樣，已經變得冰冷。

勇樹咬著沒有血色的嘴唇，垂頭喪氣地跪坐著，臉上還有擦乾的淚痕。他雙手在腿上用力握緊，強忍著悲傷，高間發現他的指甲剪得很乾淨。

「請節哀順變……」

高間看到須田母子後說。雖然他原本想說一些更中聽的話，腦海卻瞬間想不起該說些什麼。他試著回想以前都對死者家屬說什麼話，但腦中還是一片空白。

「想請教一下，請問武志是什麼時候失去聯絡的？」

高間問。志摩子放下摀著眼睛的手帕，緊緊握在手中。

「昨天晚上。他出門時說要去練球，然後就沒回來，我正感到擔心。」

「時間呢？」

「我記得是七點半左右，」勇樹在一旁回答，「哥哥出門時，媽媽還沒有下班回家。」

高間想起之前去他們家時，志摩子也不在家。

「你哥哥出門時有什麼異狀嗎？」

3· a-ki-ko-u 原文爲アキコウ；「魔球」（ma-ki-yu-u）平假名拼音則爲マキュウ，兩者筆劃相近。

「和平時沒什麼兩樣。」

勇樹搖了搖沒有血色的臉代替回答。

母子兩人對高間發問的回答大致整理如下。

武志七點半左右出門，然而當志摩子十點左右回家準備吃晚餐時，他仍然沒有回來。原以爲他練球太投入而忘了時間，但一個小時後，仍然不見他返家。勇樹便去神社找他，沒有找到。當時勇樹只在神社內尋找，並沒有去樹林察看。

之後，勇樹騎著腳踏車去武志可能去跑步的地方察看，都沒有看到哥哥的身影。十二點多，他終於放棄回家。

「原本打算昨晚報警，但想到他可能會自己回家，決定等到今天早晨再說。」

志摩子再度用手帕擦著眼睛。她的雙眼通紅，想必在得知兒子死訊之前，就因爲睡眠不足而充血了。

接著，高間問她對於武志遇害有沒有想到什麼可能性？志摩子和勇樹都斷言完全不知道，對武志的右臂被人鋸斷也完全沒有頭緒。志摩子忍不住再度落淚。

「對了！」

高間猶豫片刻後，問他們有沒有聽過「魔球」這兩個字，但正如高間所預期的，母子兩人都說不知道。

向他們道謝後，高間交給小野處理，自己回到了案發現場。屍體已經清理乾淨，本橋組長正在向年輕的刑警下達指示。

「有沒有找到什麼?」高間問。

「沒有。」本橋皺起眉頭。「既沒有找到刺進腹部的凶器,也沒有發現鋸下手臂的鋸子。」

「腳印呢?」

樹林內的地面很柔軟,照理說,應該會留下腳印。

「有幾個腳印,但都是武志的。有些地方地面有刮痕,兇手似乎消除了自己的腳印。」

「有沒有可以找到指紋的東西?」

「目前希望渺茫。還有——」

本橋把嘴湊到高間的耳邊說:「也找不到他的右臂。」

高間皺起眉頭。

「兇手帶走凶器可以理解,但連右臂也帶走似乎有點異常。」

「不是有點,而是相當異常。完全搞不懂兇手做這麼殘忍的事,到底有什麼目的。有人開玩笑說,搞不好是其他學校的棒球社成員之前被須田武志痛宰,狠心下了毒手,被我痛罵了一頓。」

本橋向來討厭別人亂開玩笑,但高間暗自覺得不能完全排除這種可能性。

「如果是仇殺，代表眞的有深仇大恨。兇手準備了鋸子，顯示在殺人之前，就已經打算鋸下他的手。」

「有人對須田武志有這麼大的仇恨嗎？對了，家屬那裡的情況怎麼樣？」

「該問的都問了……」

高間整理了須田母子的談話後，向本橋報告。或許是因爲沒有値得參考的線索，本橋仍然愁眉不展。

高間他們正打算離開，便接到了有目擊者的消息。附近雜貨店的老闆娘昨晚似乎看到了武志，說他八點左右在打公用電話。

「聽說須田打了大約三分鐘的電話，但不知道打給誰。」

在附近查訪的年輕偵查員向本橋報告。

「老闆娘有沒有聽到他說什麼？哪怕是幾句話也好。」

「我也問了，她生氣地說，怎麼可以偸聽客人講電話？但她記得，須田在掛電話前好像說了一句『好，那我等你』。」

「好，那我等你……嗎？」

「也可能是『我正在等你』，老闆娘記不清楚了。」

「是喔。」

聽完年輕偵查員的報告，本橋看著高間說：「不知道他打電話給誰？」

「目前毫無線索。」高間搖了搖頭。「不過可以確定的是，武志在這個神社等人。」

「他應該也見到了對方，而且，對方還帶了刀子和鋸子。」

「應該是。」高間點點頭。

離開之前，高間去雜貨店看了一下。穿過石崎神社的鳥居，沿著石階往下走，就是一條和緩的下坡道。前面是T字路口，那家雜貨店就在路口。高間走在狹窄的坡道上四處張望，坡道兩側都是土牆圍起的舊房子。高間想起之前曾經聽一名偵查員說，這一帶的居民都是農民，所以晚上很早就上床睡覺了。八點過後，路上就沒有行人，到了九點，家家戶戶都熄了燈，四周一片漆黑，只有石崎神社神殿前亮著燈。因爲賽錢箱裡的錢經常被人偷走，所以特地裝了燈，整晚都亮著。須田武志也靠著那盞燈練球。

不一會兒，來到了T字路的交叉點，雜貨店就在右側的街角。裡面有賣一些食品，旁邊是香菸店。一個五十多歲的瘦女人正坐在店裡，一臉快要睡著的樣子。店門口的架子上放了一具紅色電話。

高間走去雜貨店，買了兩包Hi-lite菸，然後報上自己的身分，問老闆娘昨晚的男人是不是用了這個電話？「對啊。」女人有點不耐煩地回答。

「他在撥電話時，手上有沒有拿著紙條？」

「紙條？喔，好像有拿了一張紙條，他看著紙條撥電話。」

這代表武志並沒有記住對方的電話號碼，所以才會把號碼抄在紙條上。屍體上沒有找到這張紙條，也許是兇手拿走了。

武志不記得對方的電話號碼這件事，並不能鎖定嫌犯。因爲武志家沒有電話，他平時很少打電話。

高間又問了老闆娘，打電話的男人是否有什麼異常？老闆娘回答，她沒有注意。

離開雜貨店後，高間一邊走，一邊思考。武志昨晚到底和誰見了面？爲什麼要約在沒有人的地方見面？

他立刻懷疑，對方會不會是殺害北岡明的兇手？是不是武志知道誰是兇手，昨晚約他出來？結果，他也被兇手殺害了。

——果眞如此的話，武志爲什麼會知道兇手？他爲什麼向警方隱瞞？

除此以外，還有令人匪夷所思的地方。兇手爲什麼鋸下武志的右臂？雖然殺人也不是一件容易的事，但鋸下屍體的手臂更加費事。對兇手來說，停留在現場時間越久越危險，兇手爲什麼甘冒這樣的危險，仍然要鋸掉武志的右臂？到底有什麼非這麼做不可的理由？

——而且，還有「魔球」的死前留言……

高間當然沒有忘記這個字眼，確切地說，這個字眼始終盤旋在他的腦海中。

上一次是在北岡的相簿中看到這兩個字，他在甲子園的照片下方寫著「我看到了魔球」。

高間深信，那絕非偶然。北岡和武志兩個人都留下了相同的死前留言。

魔球——他們留下的遺言到底是什麼意思？

2

田島剛進門，右手突然被人抓住。回頭一看，發現佐藤正目不轉睛地看著自己，揚了揚下巴，示意跟他走。田島看著他嚴肅的雙眼，一言不發地轉身跟著。

——媒體好像還沒來。

其他同學還不知道武志遭人殺害的事。上學途中，田島遇到好幾個同學，沒有人提起這個話題。佐藤怎麼會知道？他看著佐藤沾了塵土的球隊制服背影想道。

宮本、直井和澤本等三年級的學生已經聚集在棒球社的活動室內，從他們的表情來看，顯然都已經知道了命案的事。

「大家都到齊了。」

背後突然傳來聲音。即使不用回頭，也立刻知道是森川。

「我猜大家都聽說命案的事了，清晨警方和我聯絡，約好今天要來學校瞭解情況。雖然不知道警方會問什麼，但應該是棒球社內部的情況。尤其須田和北岡都是三年級的學生，應該會向你們訊問，所以，我先請你們三年級生集合。」
森川依次打量每一個人的臉，一字一句地說明。
佐藤應該受森川之託聯絡所有人，難怪他一大早就知道這起命案。
「警方認爲我們之中有人是兇手嗎？」
直井低著頭說。他的聲音很沮喪。
「應該認爲有這種可能吧。」
聽到森川的話，所有人都抬起了頭。
「這不重要，現在我們必須要做的，就是說出事實眞相。所以，我要先問你們，你們眞的對北岡和須田被殺一無所知嗎？」
森川又依次看著所有人的臉，這次他細細打量。所有人都緩緩搖頭。
「好，那我知道了。其他事就交給我來處理，你們不必擔心，但先暫時不要練球，眼前的狀態，你們恐怕也沒辦法專心練球……對吧？」
說完，森川打開活動室的門正打算走出去，有人對著他的背影叫了一聲：
「請等一下。」
是直井。
「怎麼了？」森川問。
「那領隊呢？你認爲我們中間有人是兇手嗎？」

田島驚訝地看著直井的臉，他不像是在開玩笑，目不轉睛地看著森川，等待他的回答。

森川沉重地開了口。

「都怪我太無能了，比賽時也一樣，我只能相信你們，雖然這根本幫不了什麼。」

森川說完，走出了社團活動室。關門的餘音久久迴響。

剩下的五個人都沒有說話，活動室內彌漫著混濁的空氣。

「我先說，」佐藤最先開了口，「我昨晚沒有離開家門一步。」

「那又怎麼樣？」

直井用銳利的眼神瞪著佐藤，佐藤被他的目光嚇得退了幾步說：「事實啊，領隊不是說，我們只要說出事實，有話就要說清楚。」

「你的意思是，兇手是除了你以外的人嗎？」

直井立刻走到佐藤面前，一把抓住他的胸口。佐藤拚命甩開他的手，不斷重複著：「事實啊，我只是說出事實。」

「住手。」

高大的宮本上前勸架，直井終於鬆了手。

「我們爲什麼要殺須田？警方也不是笨蛋。」

宮本安慰道。

「我怎麼知道？」

佐藤憤憤地說道，「他們可能以爲我們嫉妒須田和北岡，不光是警方，學校的同學也這麼認爲。」

「所以，你要證明自己有不在場證明嗎？」

直井又想要對佐藤動手，宮本伸手制止了他。

田島冷眼看著他們的對話，覺得很空虛。隊友死了，他們卻爭執不休，就像北岡遭人殺害時，他們只擔心接下來由誰擔任主將一樣。不，他們至少稍微提到了故人的名字，比上次稍微有了進步。

田島深信他們之間並沒有兇手，因爲天才須田不可能死在這些人手上。

這時，始終沉默的澤本幽幽地開了口。

「不過，我們恐怕都會被視爲嫌疑犯，被警方調查不在場證明。」

其他人都看著他，他再度低下頭，卻用格外清晰的口吻說：「因爲偵查的第一步就是從懷疑開始。」

「不在場證明，應該不需要很詳細吧？只要說出大致的情況就好吧？」

或許是向來沉默寡言的澤本發了言，宮本顯得有點害怕。

「不知道，可能至少要把時間交代清楚吧。」

「眞傷腦筋，我沒有不在場證明。」

宮本果然很擔心。

「我在家裡，有證人可以證明。」

佐藤再度說道，但這次直井沒說什麼，只是狠狠瞪了他一眼。

——我那時候在做什麼？

田島忍不住想了一下，隨卽低下頭，爲自己有這樣的念頭感到羞恥。他沒有理會任何人，獨自走出活動室。

3

這天上午，高間和小野來到開陽高中的會客室。窗外的運動場上，上體育課的女學生正在打排球。她們應該已經知道須田武志被人殺害這件事。

響起敲門聲後，森川走了進來。他向高間他們點了點頭，默默地坐在沙發上，雙手摩挲著臉。

「校長他們應該慌了手腳吧？」

高間問，森川一臉疲憊地點點頭。

「我被他們罵得狗血淋頭，說我督導不周。我很想反駁說，我只是棒球隊的領隊。」

「棒球社成員的情況怎麼樣？」

「他們也很慌張，不過這也難怪。」

「我想請教一些問題。」

「要問我？還是棒球社的人？」

「都要——你最後一次見到須田武志是什麼時候？」

森川重重地嘆了一口氣後回答：「在北岡的葬禮上。之後有點忙，連棒球社的練習也沒辦法參加，我又不上他們班的課。」

「須田對北岡遭人殺害這件事，有沒有說什麼？」

「沒有，」森川搖了搖頭。「我們沒有談到這個問題。我只對他說，以後就頭痛了，他回答他會想辦法。」

想辦法——他到底打算想什麼辦法？高間感到納悶。

「你知道須田的右手臂被人鋸斷吧？」

高間問，森川皺起眉頭。

「這麼殘忍的行爲，到底有什麼目的？」

「這件事有沒有讓你想到什麼？」

「有很多人痛恨須田的右手臂。不過，這是不同層次的問題。」

高間想起偵查員之前也說過相同的話。

「你家裡有沒有鋸子？」

「鋸子？有是有……」

話剛落下，森川不悅地皺著眉頭，「難道你懷疑是我用鋸子鋸下須田的手臂？」

「你先不要生氣，只是謹慎起見。今天晚上我會去你家借鋸子。」

森川一臉不耐地從長褲口袋裡拿出鑰匙，放在高間面前。

「這是我家的鑰匙，進門之後有一個鞋櫃，上面有一個工具箱。你自己去找吧。」

高間低頭看著鑰匙，隨即說了聲：「不好意思。」拿起鑰匙，交給身旁的小野說：

「記得馬上把鑰匙拿回來。」

「刑警也會去其他社團成員家裡借鋸子吧？」

高間沒有回答，但森川沒有說錯。如果是鋸下須田武志手臂的鋸子，只要根據血液反應，就可以立刻作出判斷。

「我還想問一件事，」高間說，「聽到魔球這兩個字，你會想到什麼？惡魔的魔，棒球的球。」

「魔球？」

聽到高間口中說出意想不到的字眼，森川露出訝異的表情問：「這和命案有什麼關係嗎？」

高間告訴他死前留言的事，森川十分驚訝，但回答說沒聽過「魔球」這兩個字，也不記得須田武志和北岡明有提過這兩個字。

「不過，他們爲什麼留下這兩個字？」

森川也不解地偏頭思考。

接著，高間問了森川昨晚的不在場證明。森川似乎早就預料到了，並沒有露出驚訝的表情，只回答說：「昨天晚上，我一個人在家。」

然後又說：「這次眞的是一個人，所以沒有證人。」

「有沒有打電話給誰，或是接到誰的電話嗎？」

「昨天晚上沒有。」

「社團的成員知道你家的電話嗎？」

「應該知道，因爲可能有急事要聯絡，不過，如果他們有事找我，通常會直接來我家，就像北岡那樣。」

「至今爲止，須田武志有沒有打過電話給你？」

高間注視著森川的表情問，但森川的表情幾乎沒有變化。

「沒有。我記得他家沒有電話，況且，他有事也不可能來找我商量。」

「原來是這樣。」

高間點了點頭，但還無法證明武志昨天晚上不是打給森川。

「我打算向棒球社的成員瞭解一下情況，可以嗎？」

「可以，已經和他們打過招呼了。我去找他們過來。」

森川說完就離開了，門關上後，聽到他的腳步聲遠去，剛才都沒有說話的小野小聲說：

「聽說森川老師目前的處境很爲難，他和那位女老師的關係受到檢視，雖然不是我們走漏了風聲，但耳語眞的很可怕。」

「怎樣受到檢視？」

「應該是不利於教育之類的吧，聽說其中一個人要調離這所學校。」

「是喔……」

這個城市不大，的確很有可能遭到調職。可能是高間他們的調查行動導致了耳語不斷。

不過卽使沒有傳聞，一旦他們結婚，就有一方要調去其他學校，高間只是做了辦案時必須做的事。

就算如此，高間心裡仍然爲這件事感到不自在。

在森川的協助下，高間他們順利地向棒球社三年級的學生瞭解了情況，但問了四個人——佐藤、宮本、直井、澤本後，並沒有獲得任何可以成爲線索的資訊。雖然這四個人家裡都有電話，但須田從來沒有打電話給他們，也猜不到須田可能會打給誰。

問到不在場證明時，所有人都說在家裡。佐藤說，還有父親的友人在場，其他人只有家人可以證明。

所有人都對命案完全沒有頭緒。他們雖然對同學的命案充滿好奇，卻極度討厭和自己扯上關係。

最後走進會客室的是名叫田島的社團成員，他是候補投手，高間覺得他和之前的人不太一樣。至少田島很希望能夠協助破案，同時發自內心對武志的死感到遺憾。雖然他積極配合，但實際上能不能幫上忙又另當別論。他對武志也很不瞭解。

「你們社團這麼不團結，居然能去甲子園。」

高間忍不住說出了自己的感想，但田島完全沒有露出不悅的表情，只是難過地說：

「所以，以後再也不可能去了。」

在電話的問題上，他的回答和其他人一樣，昨天晚上他也和家人在家裡。高中生晚上的不在場證明，通常都大同小異。

高間問田島有沒有聽過「魔球」這兩個字。前面四個人聽到這個問題時，都不假思索地回答不知道，只有看起來很膽小的澤本自言自語地說：

「須田投的球就是魔球。」

可見武志的球真的威力十足。

田島恭平先解釋說：

「魔球就是指很驚人的變化球。」

然後又偏著頭說：

「但和須田的感覺不太相符。」

據田島說，須田向來都是靠快速球三振對手。

「不瞞你說，我在北岡的相簿也看到這兩個字，」高間說，「他的相簿上貼了甲子園的照片，下面寫著『看到了魔球』。這句話是什麼意思？如果照字面解釋，就是北岡在甲子園看到了可以稱爲『魔球』的球。怎麼樣，你還是沒有頭緒嗎？」

其他人都很乾脆地回答：「沒有。」田島再度認眞思考起來，在嘴裡重複說：「在甲子園看到了魔球……」

「怎麼樣？」

高間手指咚咚咚地敲著會客室的桌子問。田島可能在回想甲子園的事，他的雙眼看著遠方，聽到高間的聲音，才似乎被拉回了現實。

「怎麼樣？」高間又問了一次。

「可不可以讓我想一下？」田島說，「我想好好回想一下那場比賽。」

「是喔……」

高間看著他的臉，目前還無法判斷是否值得期待，但他覺得不必太著急。

「好，那如果你有想到什麼，隨時和我聯絡。」

聽到高間這麼說，田島鬆了一口氣地點點頭。

送走田島後，高間他們也和森川一起走出會客室。

「雖然這麼說有點失禮，但好像有什麼地方不太對勁，」走出去時，高間坦率地說出了對社團成員的感覺。「總覺得有點荒腔走板。」

「不至於荒腔走板，」森川痛苦地皺著眉頭。「對他們來說，和須田一起參加棒球社就像是一場夢，這也包括去甲子園比賽。如今夢醒了，他們不得不面對陳腐的現實，這種落差讓他們不知所措。」

「你也一樣嗎？」高間問。

「對，我也一樣。」

森川毫不猶豫地回答。

和森川道別後，高間他們又去了接待中心打招呼。接待中心的總機小姐正在接電話，從她說話的語氣，對方好像是報社的記者來打聽須田武志的事。今天中午之後，恐怕會有大批媒體湧入。

在等待總機小姐講電話期間，高間四處觀察了一下，發現窗戶旁掛著職員出勤表。職員名牌若是正面的黑色朝外，就代表出勤，缺勤者則是背面的紅色面朝外。高間不經意地看了一眼，發現寫著「手塚麻衣子」的牌子背面朝外。

——她請假嗎？

手塚麻衣子不是請假。仔細一看，發現名牌上方還有另一塊小牌子，上面寫著

「早退」。

——早退？她怎麼了？

高間正感到納悶，接待中心的總機小姐掛上了電話。他告訴總機小姐，已經問完了相關的師生，然後就離開了開陽高中。

4

這天，當高間回到搜查總部時，得知須田武志並非志摩子的親生兒子。本橋一臉嚴肅地找他，高間走過去後，本橋告訴他這件事。偵查員在調查武志的血緣關係時，直接問了志摩子才得知，但她並非刻意隱瞞，只是之前沒有機會說。

她說明的情況如下。

武志的親生母親叫須田明代，是志摩子丈夫正樹的妹妹。明代是一個在郵局上班、很普通的女孩子，二十歲時，不知道和誰發生了關係，結果懷孕了。

明代的母親當時還活著，和正樹一起追問她對方是誰，他們雖然完全不知道明代有交往的對象，但若兩情相悅，不如就趕快結婚。

沒想到明代堅決不肯透露對方的姓名，只說現在還不方便說。當正樹他們再三追問時，她便淚眼相對。

當正樹和他母親爲此一籌莫展，沒想到有一天，明代離家出走了。她並沒有帶太多行李，正樹猜想她是和對方那個男人一起離開的，但並沒有留下任何線索。

「所以，他們算是私奔。」本橋說，「聽志摩子說，她聽到傳聞，對象那個男人的年紀不小，但並不清楚具體的情況，因爲明代徹底隱瞞。總之，他們兩個人就這樣消失了。」

「消失之後呢？」高間問。

「有很長一段時間杳無音訊，五年後才終於有了消息。有人寄了一張明信片給正樹，希望把他妹妹接回去。」

請你馬上來接你妹妹——明信片上是這麼寫的。

正樹急忙趕了過去。明信片上的地址是在房總半島前端的一個小漁村，由於光靠漁業無法維持生計，所以漁民們都要靠竹編工藝貼補家用。

明代就住在那個村莊。

正樹趕到後，發現形容枯槁的明代躺在髒兮兮的被子裡，鄰居的一個女人正在照顧她。聽這位鄰居說，明代這陣子身體狀況一直很差，除了水和粥以外，幾乎無法吃任何東西。寄給正樹的明信片也是那位鄰居寫的。

明代看到正樹，削瘦的臉上露出笑容。聽到正樹對她說，一起回家吧！她也流著淚點頭，但當正樹問到那個男人時，她還是不願回答。

鄰居偷偷告訴正樹，那個男人在前三年時，每週回來一次，但兩年之前就沒有再回來，也沒有寄錢給明代，明代只能靠編織竹籃的家庭代工維生。做到一半的竹籃和竹編工藝的工具都散亂在她的房間內。

所幸正樹所面對的並非都是壞消息。明代的兒子已經四歲了，雖然很瘦，但很活潑。正樹去的時候，他正在附近的河邊丟石子玩。

「他就是武志嗎？」高間問。

「沒錯。正樹帶著明代和武志回到老家，那時候，正樹已經娶了志摩子，也生了勇樹，所以一下子變成了一個大家庭。而且全家只有正樹一個人賺錢，明代又在生病。有一小段日子，他們的生活很拮据。」

「一小段日子……是什麼意思？」

「不久之後，明代就死了。她自殺了。」

「……」

「她割腕自殺，只留了一封遺書，拜託他們照顧武志。」

「所以，正樹就把武志留了下來。」

「沒錯。沒想到，兩年後正樹也意外身亡，只能說這對兄妹太可憐了。」

高間緩緩搖著頭。他想說點什麼，卻找不到適當的話語。

「武志和勇樹知道這件事嗎？」

「應該知道。志摩子太太流著淚說，即使是親兄弟，可能感情也不會像他們這麼好。」

高間想起兄弟兩人的臉。

他記得第一次見到勇樹時，曾經對他說：「你和你哥哥長得很像。」

原來並非因爲他們是親兄弟，而是堂兄弟的關係，所以才長得像。記得當時，勇樹聽了十分高興。

「你覺得怎麼樣？」本橋問高間，「你覺得他的身世和這起命案有什麼關聯嗎？」

「不知道。」

高間偏著頭，然後又說：「這是我個人的意見，我眞不希望兩者有關聯，不然未免太慘了。」

「我也有同感。」

本橋用力點頭。

——但是。

高間心想。卽使和命案沒有直接的關聯，恐怕也無法迴避這件事。因爲，正是這種境遇創造了天才投手須田武志——

5

翌日午後，小野整理了關於魔球的相關資料。他有一個朋友在去年之前，都在東京當體育記者。

「說到魔球，最有名的當然是小山[4]的掌心球。」

小野得意地說。

「小山是指阪神隊的小山嗎？他不是快速球投手嗎？」

高間記得，前年阪神隊因爲小山的快速球獲得了冠軍。

「小山今年去了獵戶星隊，他的球速當然很快，但從去年開始，他也開始投掌心球。在昭和三十三年（一九五八年）和紅雀隊比賽時，第一次投了掌心球。他的球速超快，控球也很穩，又會投掌心球，今年應該會贏三十場。」

「是喔。」

「阪神隊還有洋投巴奇[5]的蝴蝶球，不僅速度快，而且無法預測方向。他的手指很長，大家都形容好像五條蛇纏著球，他今年的表現也很出色。還有村山[6]的指叉球。不

4. 小山正明。
5. Gene Martin Bacque。
6. 村山實。

過，說到指叉球，最先使用指叉球的是杉下[7]，已經差不多是十年前的事了。」

「這些資訊，」高間抓著頭。「好像和這次的命案沒有太大的關係，當然，聽你聊這些的確很有趣。」

「啊……眞對不起。」

小野欠身道歉，翻開記事本。「我也問了高中棒球界的事，最近並沒有出現魔球之類的話題。」

「是嗎……？」

高間托著臉頰，在桌上的便條紙上寫了「魔球」兩個字。

偵查會議上也討論了這個問題，「魔球」這兩個字到底是誰留下的？之前一直以爲是須田武志寫的，但有人認爲未必如此。

首先，如果是武志所寫，那他到底是什麼時候寫的？如果是腹部中刀後所寫，那麼當他在寫的時候，兇手在做什麼？如果武志想在地上寫字，兇手當然會阻止，或是把他寫的字擦掉，至少不可能傻傻地看著他寫完。

當然，更不可能是兇手離開後所寫的。因爲兇手在鋸斷武志的手臂後才離去，那時候武志應該已經死亡了。

因此，如果是武志所寫，就是在兇手抵達現場之前寫的。那麼，爲什麼要寫這兩個字？應該不可能預料得到自己會被人殺害，事先留下死前留言。

基於這些理由，「魔球」這兩個字是兇手所寫的說法浮上了檯面。雖然不知道兇手這麼做有什麼目的，有人認爲這象徵了兇手對須田武志的憎恨，也許這種說法有一定的道理。

——如果是兇手所寫，是否代表追查這兩個字，也無法查到眞相？因爲兇手不可能留下會危及自己的信息。

高間用鉛筆尾端敲著紙上所寫的「魔球」兩個字，不知道該不該繼續追查這個問題。

那天晚上，森川打電話到高間的公寓。森川在電話中說，棒球社的田島在他家裡，有事想要告訴高間。

「什麼事？」

高間抓起上衣，在電話中問。

「我還沒問他，好像和魔球有關。」

「我馬上過去。」

7·杉下茂。

高間猛然掛上電話，衝了出去。

來到森川的公寓，田島恭平一臉緊張地等在那裡，一看到高間，恭敬地欠了身。

「鋸子的事有沒有什麼斬獲？」

森川遞上坐墊時揶揄道。

「不，一無所獲，給你添麻煩了。」

高間老實回答。警方調查了森川和其他社團成員家中的鋸子，沒有發現任何可疑之處。

搜查總部認爲，兇手不是使用現有的鋸子，而是爲了犯案特地買了新鋸子，幾名偵查員已經在附近的刀具店展開調查。

「你要告訴我什麼事？」

高間問，田島用舌頭舔了舔嘴唇。

「呃……可能不是什麼重要的事，也可能是我完全猜錯了。」

「沒關係。如果都猜對了，所有的案子都很快可以破案。」

高間故意用輕鬆的語氣說，然後又問：「聽說是關於魔球的事？」

「對，昨天你問了之後，我一直在想這件事。你昨天告訴我，北岡在相簿中寫了『看到了魔球』，我就想到一件事，但因爲沒什麼自信，當下就沒有說出口。」

「有話儘管說吧。」高間面帶笑容地說。

「我想起那天須田投了一個不同尋常的球。」
「不同尋常的球？」
「就是那場比賽最後一球。」田島說。
「暴投的那個球嗎？」
森川在一旁插嘴問，高間也想起來了。
「對。」田島縮起下巴。「比賽結束後我問了須田，最後那一球到底是怎麼回事？因爲我不相信控球精準的他在當時的狀況下，會投出那樣的球。須田只回答說失控了，但我不認爲是這樣。我並不是很淸楚當時的情況，那顆球在本壘板前突然往下墜落，以前須田從來沒有投過這種球。」
「所以，你認爲當時須田投的那一球是他新學到的球技，這就是所謂的魔球，對嗎？」
「對。」田島回答。
高間看著森川，徵求他的意見。森川想了一下說：
「有可能。那場比賽後我也問了北岡，他向須田發出了什麼指示？北岡沒有明確回答。因爲我不想讓他們以爲是在責怪他們，就沒有繼續追問，但他們兩個人對那球的問題卻支支吾吾的。」
「會不會是須田練習了新的投球方法，在那裡一試身手？他很有可能做這種事。」

田島說。

「所以，他是和北岡一起練習新的投球方法。」森川說。

但高間否定了他的意見。

「不，應該不是這樣。北岡的相簿中，在選拔賽的照片下方寫著『看到了魔球』。從這句話來看，當時北岡也是第一次看到。」

「是喔……這麼說，須田之前都是獨自練球囉？」

「不，這不可能。」田島很有自信地說，「須田和北岡在神社秘密練球，一定也練習了這種變化球。」

「不，我記得他們是在選拔賽之後才去神社練球。」高間解釋說，「選拔賽之前，都是須田獨自練球，北岡的母親和須田都這麼說。」

須田武志在選拔賽上第一次嘗試了變化球，北岡看到之後，在相簿上寫下了「看到了魔球」這句話。之後，他們開始練習魔球——高間在腦海中整理出事情的先後順序。

田島以一臉難以接受的表情偏著頭想了一下，用堅定的語氣說：

「不可能。佐藤說，他曾經在下雪的時候看到須田在石崎神社練球。選拔賽後，這裡根本沒下過雪。而且，佐藤還聽到了接球的聲音，絕對是北岡和須田一起練球。」

「是喔……」森川狐疑地看著高間問：「怎麼回事？」

高間問田島：

「佐藤說看到北岡和須田一起練球嗎？」
田島想了一下，搖了搖頭。
「他沒這麼說……但除了北岡以外還有誰？」
高間看著森川，森川也聳了聳肩回答：「的確想不到還有其他人。」
「佐藤家離這裡很遠嗎？」
「不，不會太遠。」
「你畫地圖給我。」
高間從記事本上撕下一張紙，放在森川面前。他的心跳加速。
——如果不是北岡，到底是誰在接武志的球？

6

武志的屍體被人發現的兩天後，在須田家附近的集會所舉辦了葬禮。因爲經濟因素，只能舉辦簡單的葬禮，但很多人都前來弔唁。
勇樹站在集會所門口，向前來燒香的人鞠躬道謝。除了武志班上的同學，勇樹的很多同學也都來了。他眞心誠意地向每一個人說：「謝謝。」
森川和其他幾位老師也來燒香，手塚麻衣子也來了。麻衣子穿了一襲黑色洋裝，表情有點緊張。她和森川的關係已經在開陽高中內傳開了，甚至有幾名家長向校長抗議。她昨天請假，前天又早退，聽說她在職員室遭到了排擠。

勇樹看著麻衣子走過自己面前，燒香後合掌祭拜，她比別人祭拜的時間更長。當她走過面前時，勇樹又說了一聲：「謝謝。」她微微向他點頭。

葬禮後，高間刑警不知道從哪裡冒了出來，說有事想要問他。勇樹說，只要不會佔用太多時間就沒問題，高間把他帶到沒有人煙的小巷子。

「你手上的盒子是什麼？」

高間首先問起勇樹拿在手上的木盒子。

「這是哥哥的寶貝。」勇樹回答。

「可以給我看一下嗎？」

「可以啊。」

勇樹打開蓋子，裡面有一個護身符、用竹片編的人偶，和一個像是鐵鉗的東西。

「這是哥哥親生母親的遺物，」勇樹告訴高間。「我希望他在天堂的媽媽也能參加他的葬禮，所以帶來了。」

「是這樣啊……」

高間抓了抓鼻頭。

「你說有事要問我，是什麼事？」

勇樹蓋好木盒的蓋子問。

「嗯──關於你哥哥晚上去神社練球的事，是不是有人陪他一起練習？」高間問。

「不是北岡哥嗎？」

勇樹之前曾經聽眼前這位刑警和武志談起這件事，他記得是這麼一回事。

「不，我是說除了北岡以外的人，在選拔賽之前。」

勇樹搖搖頭。

「我之前也說過，哥哥從來不會告訴我練球的事。」

「是嗎……他果然都沒有告訴你。」

高間有點失望。

「爲什麼問這個問題？除了北岡哥以外，我哥還曾經和其他人練球嗎？」

勇樹反問道，高間露出尷尬的表情，不置可否地說：「嗯，只是問一下。」然後又說：「我想再問一個聽起來有點奇怪的問題。」

「好啊。」勇樹說。

「最近你哥哥有沒有和你提到過變化球的事？」

「什麼？」勇樹沒聽清楚。

「變化球，就是投手投出的曲球。」

「……這個問題眞的很奇怪。」

「所以，我一開始就聲明了。怎麼樣？他有提過嗎？」

勇樹只能重複和剛才相同的話。「我哥幾乎不會在我面前提到棒球的事。」

雖然眼前的刑警有點失望，但勇樹也無可奈何。因爲勇樹完全不瞭解武志的棒球人生，雖然現在對此感到懊惱，卻也爲時太晚。

「是魔球的事嗎？」

勇樹問，高間點點頭。

「目前警方認爲你哥在練某種新的變化球，並稱之爲『魔球』，只是還不知道和命案有什麼關係。」

「是喔……」勇樹想到一件事，決定告訴刑警，「難以相信哥哥在練變化球。」

高間納悶地問：「爲什麼？」

「因爲哥哥打算靠快速球進入職棒。他之前說過，如果從高中就決心要進職棒，不需要投變化球，最多只能投曲球。如果爲了學投其他的球影響了投球姿勢，就會偷雞不著蝕把米。而且球探好像也告訴他，高中時代只要投直球就好。」

「球探？」

高間瞪大了眼睛，從他的表情來看，應該是第一次聽說這件事。「球探？是職業球隊的球探嗎？」

「對。」勇樹說。

武志升上二年級後，某個東京球隊的球探經常造訪須田家。他在更早之前就已經相中了武志，但並沒有特別遊說他進入職棒球隊，每次都和他聊職棒的情況後就離開了，也會給武志一些建議。

「不過，這件事請你不要說出去。雖然我搞不太清楚，但好像被人知道哥哥和職棒的人見面，會有很多麻煩。」

「我知道，好像會違反業餘棒球的規定。你哥哥打算進入那個球隊嗎？」

「不知道。哥哥常說，只要進入職棒，無論去哪一隊都無所謂。」

在勇樹的記憶中，武志從來沒有爲特定的球隊加油。爲棒球賭上青春的武志沒有喜歡的球隊聽起來有點奇怪，也許對武志來說，職棒球界整體就像是一家大公司，每支球隊就像是公司內的不同部門。

「那個球探多久來一次？」高間問。

「好像三、四個月來一次，今年二月有來過。」

「是喔……你記得他叫什麼名字嗎？」

「我記得，他叫山下先生，個子很高大。」

「可能以前是棒球選手吧。」

高間說完，在記事本上寫下了那個球探的名字。

高間的問題全都問完了，臨別前他感慨地說：

「你哥哥好像是爲了當棒球選手來到這個世界。」

「沒錯，」勇樹回答，「哥哥來這個世界就是爲了打棒球。」

高間刑警點了兩、三次頭，緩緩邁開步伐。勇樹跟在他的身後，在內心吶喊。

——沒錯，哥哥是爲了打棒球才來到這個世界，不是爲了死在樹林中。

好想知道眞相，無論如何，都想知道眞相——勇樹強烈地希望。

7

那天晚上，勇樹和志摩子難得有時間在一起慢慢吃晚餐。自從武志死後，他們都沒有時間靜下來吃飯。

吃到一半時，志摩子停下筷子，呆然地看著隔壁房間。

「怎麼了？」勇樹問道，也跟著看往那個方向。

志摩子沒有馬上回答，繼續看著那個房間。然後，撥了撥淩亂的頭髮說：

「我在想，以後再也不會洗那套制服了。」

隔壁房間掛著剛洗好的制服。開陽高中的一號球衣，膝蓋的地方有點磨損了。

我會自己洗——武志每次都這麼說。你在說什麼啊，有時間洗衣服，趕快去練球吧——志摩子也每次都這麼回答。

「媽，」勇樹叫著她，「哥向來都很感激妳。」

志摩子的眼神飄了一下，似乎有點不知所措，然後，嘴角浮出淡淡的笑容低下頭，輕聲說了聲：「眞是傻孩子。」不知道她在說勇樹還是武志。

「我只是希望家人和和樂樂地過日子……」

她問勇樹：「之前覺得不快樂嗎？」

「很快樂啊。」勇樹回答。

「對啊，媽媽也很快樂……」

志摩子說完，再度垂下雙眼，用一旁的擦手布擦著眼淚。

晚餐後，從玄關傳來敲門聲。收拾好碗筷，正用抹布擦矮桌的勇樹和站在廚房的志摩子互看了一眼。照理說，這麼晚不會有人上門。

勇樹立刻想到可能是山瀨。那個傢伙我行我素，很可能現在上門催債。不知道爲什麼，山瀨很怕武志，但現在他已經有恃無恐。

「請問是哪一位？」

志摩子不安地問，她也以爲是山瀨。

「不好意思，」——門外傳來男人的聲音，但不是山瀨。「我叫竹中，因爲有東西想要交給您們，所以這麼晚上門打擾。」

志摩子又看了勇樹一眼，問他認不認識這個人？勇樹搖搖頭，他從來沒有聽過竹中這個名字。

她打開門，一個身穿喪服的男人站在門口。男人年約五十多歲，身體結實挺拔，五官輪廓很深，看起來很頑固。

「不好意思，突然登門造訪。」

頭髮花白的男人說完，對他們鞠了一躬。他鞠躬的動作很誠懇，背仍然挺得直直的。

「我以前是須田正樹先生的同事，須田先生很照顧我。原本打算更早登門拜訪，但因爲您們搬家了，我無法聯絡到您們。」

「所以，您是電力工程公司的人？」

「對。」竹中回答。

「喔，是嗎……？」志摩子聽了，立刻請他進屋。「請進，家裡很小。」

竹中脫了鞋子進屋後，跪坐在角落的武志骨灰前。

「我在報上看到了這次的事，所以才知道您們住在這裡。」

竹中解釋之後，又鞠了一躬說：「眞的是飛來橫禍，請節哀順變。」志摩子和勇樹也跪坐著向他還禮。

竹中徵得志摩子的同意後，爲武志上了香。他在武志的骨灰前合掌祭拜了很久，勇樹看到他嘴裡唸唸有詞，但聽不到他在說什麼。

上完香後，他轉身看著志摩子，從懷裡掏出一個白色信封。

「以前須田先生曾經多次借錢給我，我一直想要回報他，請您們務必收下。」

「不，我們素昧平生，怎麼可以……？」

志摩子推辭著，竹中搖著頭，把信封推到她面前。

「我只是歸還所借的東西，您也可以認爲是給武志的奠儀。」

「喔，但是……」

「請您不必想太多。」

竹中環視屋內後站了起來，「我該告辭了。」

「呃，我馬上來泡茶。」

志摩子慌了手腳，他伸出手制止道：

「不用了，我還要去其他地方，今晚就先告辭了。」

「呃，可不可以請您留下聯絡方式？」

聽到志摩子的要求，竹中想了一下，然後拿出記事本，寫下聯絡方式後，遞給志摩子。他的字很漂亮。

「那我就先告辭了。」

竹中在門口又鞠了一躬後，聽到他離去的腳步聲。

竹中的腳步聲消失後，母子兩人又互看了一眼，搞不清眼前的狀況。剛才那個男人到底是什麼人？

勇樹拿起信封，確認信封裡的金額。因爲他覺得可能是惡作劇。看到信封裡的金額，他嚇了一跳。

「媽，太驚人了，裡面有三十萬圓。」

「什麼？怎麼會？」

志摩子也走了過來。信封裡的的確確有三十張一萬圓的紙鈔。

「勇樹，趕快去追他，一定要問清楚。」

「好。」

勇樹衝出家門，追向男人離開的方向。雖說父親以前曾經照顧他，然而三十萬圓實在太多了。

但是，勇樹沒有追到，那個男人可能是開車來的。勇樹只好回家。

「怎麼辦？」

志摩子看著錢手足無措。「我看還是明天聯絡他，我們不能收這麼多錢。」

「我覺得還是收下吧，」勇樹說，「只要有這些錢，就可以還錢給那個山瀨，以後也不用再煩惱了。」

志摩子向山瀨借了十萬圓。勇樹討厭山瀨三不五時以借錢爲藉口，不懷好意地糾纏志摩子。志摩子不去上班的日子，勇樹好幾次放學回家，都看到他旁若無人地坐在家裡。

「是沒錯啦。」

志摩子露出爲難的表情。

「總之，先把錢還給山瀨，其他事之後再考慮。我馬上去還錢，如果不趕快還給他，那傢伙絕對又會上門。他一定覺得反正哥哥已經不在了，沒什麼好怕的，以後我會保護妳。」

勇樹把手放在志摩子的肩上。

「謝謝，但是你不用擔心。」

說完，志摩子看著信封，再度偏著頭納悶。「話說回來，剛才那個人爲什麼……？」

8

從勇樹口中得知會有職業球探上門這件事的第二天，高間來到該球隊事務所的會客室。電話聯絡時，原以爲忙碌的對方不可能立刻安排見面，只希望預約對方的時間，沒想到對方一聽到是須田武志的事，馬上提出希望立刻見面的要求。

高間取出 Hi-lite 香菸抽了一口，環視室內。牆上貼著選手的月曆和日程表。

目前幾乎可以確定，武志在石崎神社練球的對象，除了北岡以外，還有另一個人。棒球社的佐藤是在選拔賽之前看到武志練習，他並不知道陪同練習的是不是北岡。因爲那天下雪，所以查出了具體的日期，但據北岡明的母親所言，那天晚上他並沒有出門。

那麼，須田武志到底和誰一起練球？

如果當時的練習和「魔球」有關，那麼，練球的對象就變得極其重要。

但是，勇樹認爲武志不可能練變化球的意見也很耐人尋味，而且據說這是職業球探的建議，高間認爲有必要向這名球探瞭解情況，所以今天特地登門拜訪。

高間抽完第一支菸時，門打開了，一個身材魁梧的男人走了進來。

身穿灰色西裝的他一進門就鞠躬道歉，「不好意思，讓你久等了。」他的聲音洪亮，可以感受到肺活量很大。高間也起身回禮，雙方交換了名片。高間從名片上得知，眼前這個男人叫山下和義。

山下將近九十公斤的身軀沉入沙發。

「你要打聽須田的事？」

他露出嚴肅的眼神問道。從他的眼神中，可以感受到他對須田武志的態度。

「我從須田勇樹的口中聽說了你的事，」高間說，「他是武志的弟弟。」

「我知道，那個孩子很聰明。」

或許是因爲身體龐大的人怕熱，山下拿出手帕擦著太陽穴附近，鼻頭也滲著汗，感覺活力充沛。

「你知道他遇害的消息嗎？」高間問。

「當然知道。我也考慮過，警方可能會來找我。」

山下抱著雙臂搖了搖頭，「我太受打擊了，難以置信，覺得眼前一片漆黑。」

「你和須田是怎樣的關係？」

山下的目光往上看了一下，宛如陷入冥想般緩緩閉上眼睛。

「須田武志是日本棒球史上屈指可數的天才。我曾經見過許多名投手，目前也爲了尋找優秀投手，在全國各地奔波。但像他那樣具備完美素質的選手可遇不可求，幾乎二十年才會出現一個。他的球速和控球度都無懈可擊，而且對棒球的敏銳度、冷靜的性格和堅強的精神，都顯示他是不可多得的明日之星。」

說到這裡，山下張開眼睛看著高間，「不瞞你說，他進高一時，我就注意到他了，無論如何都想簽到他。我們球隊需要像他那樣的投手，於是從去年夏天之後開始私下和他接觸。如果太明目張膽會引發不必要的麻煩，所以去找他時都很小心。」

「具體是怎樣的接觸？」

「我並沒有做什麼特別的事，只是和他見面聊一聊，因爲如果做其他事就會違規，但我希望他至少對我們球隊的名字留下深刻印象。時下的年輕人都希望進巨人隊，好的球員統統進了巨人隊，我們必須積極布局。」

「啊！巨人隊嗎？」

高間想起了「巨人．大鵬．煎蛋」[8]的口號，但聽勇樹說，武志並沒有特別喜歡的球隊。高間提起這件事時，山下點點頭。

「沒錯，須田進入職棒的意願很強烈，但似乎只要是能夠高度肯定他實力的球隊，他都願意加入。對我而言，遇到年輕人說非要進巨人隊不可當然很傷腦筋，但像他那種進哪一個球隊都無所謂的態度，也讓我不知道該如何處理。到時候必定會爲了爭取他，和其他球隊展開競爭。因此我才會偶爾和他見面，希望博取他的信任。」

每年秋天，在業餘棒球界活躍的球員未來的動向就受到矚目，哪一名選手進入哪一個球隊也牽動著棒球迷的神經。

「他本人的意向如何？有沒有打算進你們球隊？」

高間問。山下把手放在下巴上沉思後，偏著頭說：「這我就不清楚了，說不上來。」

「他沒有釋出善意嗎？」

「應該說，他的想法比我想像的更乾脆。他對職棒並不只是憧憬，而認爲是自己以後的工作。」

隨後山下又告訴高間一件事。山下最後一次見到武志時，武志提出要做一筆交易。

「交易？是金錢嗎？」

高間曾經在報上看到，球隊爲了爭取有前途的新人，願意祭出天價的簽約金。今年最受矚目的新秀除了遭人殺害的武志以外，還有慶大的渡邊和下關商的池永，聽說包括私下的紅包在內，簽約金額不低於三千萬圓，那是高間難以想像的金額。

「包括金錢在內。他提出的金額相當於今年新入隊選手中最高的金額，對於這個問題，我只覺得他在這方面很精明，並沒有太驚訝。其實不需要他主動提，我們球隊也打算出這個價錢，只是他提出要先簽一份包括金錢條件在內的臨時合約。」

「臨時合約？」

「臨時合約也有法律效力，我聽到他的要求，有點慌了手腳。因爲在這個時期和他接觸本身就違反了規定，當然不可能留下這種書面資料。於是我對他說，請不必擔心，我們球隊一定會簽他，簽約金也會令他滿意。」

「他怎麼回答？」

「他說這種口頭約定不可靠。也許到了那個時候，球隊會找到更理想的選手，就不想再簽他了，到時候簽約金也會降價。」

說到這裡，山下嘆了一口氣。「我並沒有因爲他是小孩子就不把他當一回事，但

8. 一九六〇年代，小孩子喜歡的三大事物。當時巨人隊的王貞治和長嶋茂雄聯手，屢創佳績；相撲界的大鵬也神勇無敵。

聽到這番話，還是很受打擊。為了贏得他的信任，我去找了他好幾次，沒想到最終還是無法抓住他的心。不要說是抓住，我甚至沒有摸到他的心……」

高間再度發現，須田武志果然是不平凡的少年。他不光球技精湛，在精神方面也很堅強獨立。時下的年輕人都很軟弱，很難想像他們屬於同一個世代。也許是他的不幸身世造就了這種堅強。

「對了，我想請教一個奇怪的問題——」

高間問山下，是否曾經聽說武志在練習新的變化球。

「不，我沒聽說。」山下不假思索地否定。「我曾經提醒他，現在要用自然的姿勢投出有速度的球，只要投直球或曲球就好，絕對不要試圖在投球時耍花招。」

這代表武志在沒有知會山下的情況下，就擅自學了魔球的投法。他為什麼這麼做？還是沒有特別的理由，只是想增加投球的變化？

之後，高間問山下對這起殺人案有沒有什麼線索？山下的回答不出所料地並無頭緒，但在高間準備起身時說：

「我對須田印象最深刻的，就是他孤獨的身影，這是我得知這起命案後的第一個想法，覺得他背負了這樣的命運——當然，這只是無聊的感傷。」

「你的想法可以成為破案的參考。」高間說。

離開球隊事務所後高間打電話回總部，本橋接聽了電話，問他情況怎麼樣。高間回答說，雖然不知道對破案有沒有幫助，但聽到了很有趣的內容。這是他的眞心話。

「是嗎？這也在預料之中。先不談這個，目前接獲兩條線報，一個是關於鋸子的消息。二十三日晚上，曾經有一個男人在櫻井町的一間刀具店買了折疊式鋸子。」

「是喔。」二十三日就是武志被殺害的前一天。

「可惜老闆沒有記住客人長相。另一個是，有人曾經看到和武志一起在神社練球的人。」

「什麼？眞的嗎？」高間忍不住驚叫。

「眞的。那個人是在二月左右看到的，所以絕對不是北岡。」

「那是誰？」

「目前還不知道。」本橋說，「根據目擊者的描述，從那個人的年紀來看，絕對不是北岡，而且還有一條有利的線索。」

「什麼線索？」

「和武志一起練球的人拄著枴杖，一隻腳不靈光。」

「一隻腳……」

「目前正在向縣內熟悉棒球界的人士打聽，你也趕快回來吧。」

「好。」

高間用力掛上電話。

追蹤

マキュウ

1

放學的鐘聲一響，教室內頓時充滿解脫的氣氛。前一刻在田島旁邊睡覺的同學，也雙眼發亮地開始收拾書包。

田島走出教室，在社團活動室換好球隊制服後去了圖書館。他之前借了很多學習參考書，早就過了借書期限。

——接下來可能沒什麼時間讀書了。

田島走向和校舍不同棟的圖書館時想道。須田武志死後，他就自動——這樣的描述很貼切——接收了王牌投手的球員編號。之前在正式比賽時，他從來沒有上場投球，但在以後所有比賽中，都由田島成爲第一個上場的先發投手。這是因爲武志的不幸而得到的，田島並沒有特別感到高興，但感覺並不壞。

圖書館員是一個戴著三角形眼鏡的女人，學生幫她取了一個綽號叫「歐斯」，她發現田島還的書已經逾期，就橫眉豎眼地說：

「如果不按時還書會增加我的工作，造成我的困擾，很大的困擾。而且你借的書，還有很多人等著要借。你曾經爲他們想過嗎？」

「對不起。」田島低頭道歉。

「在道歉之前，希望你做好自己的份內事。眞的是……你是棒球社的吧？運動社團的人都是這樣，不愛惜書本，手不洗乾淨就摸書，走路又大聲，眞的傷透了腦筋。」

田島覺得圖書館員說得太過分了，但還是悶不吭氣。因爲他擔心只要一回嘴，反而引來更加長篇大論的說教。

圖書館員突然住了口，田島以爲她終於抱怨完了，沒想到她用比剛才溫和的表情看著自己。

「既然你是棒球社的，應該認識北岡吧？」

「是啊。」

突然聽到北岡的名字，田島有點不知所措，圖書館員從桌子下拿出兩張黃色的卡片。

「這兩本書是北岡借了沒有還的，可不可以請你幫忙聯絡北岡的家人？」

「聯絡……意思是叫我去北岡家把書拿到圖書館來還嗎？」

「對，沒問題吧？」

她的語氣似乎在說，你平時給我添了這麼多麻煩，這點小忙總要幫吧。

「這……」

田島拿起借書卡，上面寫著借書人的姓名，但好像是不怎麼受歡迎的書，幾乎都沒有別人借閱過。書名是——田島看了一下書名，立刻感到有點意外。因爲是有點特殊的專業書，但隨即發現不值得大驚小怪，因爲他覺得北岡或許會看這類型的書。

「儘可能快一點拿來還。」
「好。」
田島記住書名後，離開了圖書館。
當他來到運動場時，社團的成員幾乎都到齊了，一年級的成員正在整地、畫白線。抬頭一看，發現記分板也搬出來了，上面分別用紅色和白色寫著隊名。
眞是夠了。田島歪著嘴，嘆了一口氣。今天又是紅白戰。須田被人殺害後，訓練暫停了一陣子，在重新開始後，就經常舉行紅白戰。而且並不是爲了訓練一年級生或是練習配置，只是漠然地分成兩隊比賽。
「紅白戰也沒什麼不好，但我認爲最好更有系統地練習。」
田島一看到新主將宮本就對他說道。站在宮本旁邊的佐藤插嘴說：
「昨天不是都在練習打擊？」
田島心情頓時煩躁起來。
「雖說是打擊練習，但其實就是各人按自己的方式揮棒而已，我認爲應該增加基礎訓練，那些一年級生根本還沒有適應硬球。」
「我有考慮到一年級的事。」
身後傳來一個聲音，回頭一看，直井走了過來。「今天比賽結束後，還要練一千次擊球防守。雖然我們的口號是快快樂樂打棒球，但該做的事不會偷懶。」

「一千次擊球防守根本沒有意義，」田島反駁道，「一年級生根本連棒球的基礎都沒有，讓他們在像雨點一樣的球雨中疲於奔命，根本是在折磨人嘛。」

「反覆練習很重要。」

「讓他們累得筋疲力竭，還要滿場跑地練習接球防守，算什麼反覆練習？太莫名其妙了，這根本只是揮棒的人想要抒解壓力。還是說，欺侮一年級生也是快快樂樂打棒球的環節之一？」

田島的話音未落，直井就一把抓住了他的胸口。直井氣歪了臉瞪著他，但田島並沒有避開他的視線。

「別鬧了，不要爲這種無聊的事打架。」

佐藤撥開直井的手，宮本也跑來勸架。

「是田島在找麻煩。」

直井火冒三丈地說。

「我知道，你先別激動。」

佐藤說完，走到田島面前把手放在他肩上，「田島，你現在是王牌投手，不必在意這種小事情，只要專心練好球。紅白戰並沒有像你說的那麼糟，可以培養實戰能力，也可以提升投球能力。」

「我並不是對紅白戰有什麼意見。」

「我知道你說要更有系統地練習，我會好好思考，今天就不要再有意見了。」

佐藤推著田島的背，好像要把他趕走。田島格外生氣，不願意就這樣作罷。他會這麼生氣，或許是因爲這些人踐踏了北岡和須田所建立起來的一切，但是他也很清楚，繼續在這裡爭論也不會有任何進展。田島心灰意冷地走開了，這時直井在他身後說：

「田島，我相信你應該知道，誰都可以當王牌投手，不是非你不可。我們球隊已經大不如前了。」

田島停下腳步，回頭看著他。直井不顧佐藤和宮本的勸阻，繼續大聲吼道：

「其他學校根本不把我們放在眼裡，沒有須田的開陽根本只是一個屁！你知道其他學校的人是怎麼談論這次的事件嗎？他們說，須田的右臂被人鋸斷偷走，開陽就什麼都不剩了。失去右臂的須田即使變成幽靈現身，也沒什麼可怕的。雖然聽了很不甘心，但他們說得沒錯。我們什麼都不剩了，一切都結束了！」

直井吼完這番話，甩開佐藤他們的手跑向社團活動室。佐藤和宮本沒有追他，一臉尷尬地低下頭。

田島不發一語，繼續往前走。一、二年級的學弟擔心地看著他。

——什麼都不剩了……嗎？

這種事我早就知道了。田島心想。正因爲知道，才不願意就這樣結束。一旦就這樣結束，自己的青春也會像須田的右臂一樣消失無蹤。

突然，一個想法閃過田島腦中。一個意想不到的念頭，隨即激發和聯結了各種記憶。

——沒有右臂的須田……

他猛然停下腳步。

——圖書館……沒錯，北岡向圖書館借那本書。

田島忘我地拔腿狂奔。

2

小野在深入調查武志的少棒時代時，找到了和須田武志一起練習投球的瘸腿男——應該說是有可能是那個瘸腿男的人。據小野說，武志讀小學時曾經參加了一個名叫藍襪隊的少棒球隊，去年到今年期間，在那裡擔任教練的蘆原右腿不方便。

「去年到今年嗎？這麼說，和武志沒有直接的關係囉？」

和高間一起聽取報告的本橋問。

「據那藍襪隊的領隊說，須田武志最近不時去球隊，所以應該認識蘆原。」

「最近才不時去球隊這一點似乎有玄機。」高間說。

本橋點點頭問：

「蘆原到底是什麼人？」

小野用手指沾了口水後，翻著記事本。

「原本是社會人士棒球隊的投手，因爲發生意外導致一條腿不方便後，離開了公司，在當少棒隊教練那一陣子都遊手好閒。」

「社會人士棒球隊嗎？是哪一家公司的？」

「東西電機。」小野回答。

「東西電機嗎？在這一帶是首屈一指的公司。」

「他目前人在哪裡？」高間問，但小野搖搖頭。

「目前行蹤不明，只知道他之前的地址。」

「這個人很可疑。」

本橋靠在椅子上，重新蹺起二郎腿。「他從什麼時候開始失蹤的？」

「據說不是三月底，就是這個月初。」

「蘆原爲什麼辭去少棒隊的教練？」高間問。

「這一點也很有意思，據說是家長有意見，說不放心把小孩子交給沒有正當職業、遊手好閒的人。而且，一個球隊同時有領隊和教練兩個指導者，擔心會讓小孩子無所適從……但眞正的原因，恐怕是擔心他以擔任教練爲由向球隊要錢吧。」

「是這樣嗎?」本橋一臉無法苟同的表情。「總之，要繼續追查蘆原的下落。」

「知道了。」高間回答。

「對了，我還打聽到一件奇妙的事。你知道有一個叫山瀨的男人經常出入須田家嗎?」

「山瀨?喔——」高間立刻想了起來。「就是開鐵工廠的，之前曾經借錢給志摩子的那個人吧?」

「對，聽鄰居說，他利用借錢這件事追求志摩子。」

「我也有這種感覺，」高間回想起山瀨醜惡的樣子。「我之前曾經在須田家見過他，當時他被武志趕了出去。」

「關鍵就在這裡，聽說類似的事情發生過好幾次。所以，山瀨應該對武志恨得牙癢癢的。」

「有道理。」

高間聽出了本橋的言外之意。

「我針對這個問題進行了深入調查，那傢伙在案發當晚去了他熟識的酒店喝酒，所以有不在場證明，眞是太可惜了。」

高間也有同感。

「而且，聽那傢伙說，須田志摩子把向他借的錢還清了。之前志摩子都還不出錢，現在卻一下子還清，實在有點奇怪。於是我去問了志摩子，據她說，在葬禮的那天晚上，有一個之前受過須田正樹先生照顧的人上門，留下了三十萬的鉅款。那個男人說，他只是歸還之前向正樹先生借的錢，但當時留下的電話卻是假的——你們覺得這是怎麼回事？」

「送錢上門卻沒有留下眞實姓名，實在太酷了。」

「如果只是耍酷當然沒問題。但在這個節骨眼，居然發生這麼奇怪的事，你們認爲和命案有關嗎？」

高間聳了聳肩，做出束手無策的動作。「猜不透。」

「我也一樣。」小野也說。

「那就多留意這件事。」

本橋一臉不耐地說。

高間和小野出發前往蘆原的公寓，如果時間充裕，他們還打算去一趟東西電機。他們在途中聊到了出現在須田家的神秘男子。

「送錢上門卻不留姓名，簡直就像是義賊，眞希望他也來我家。」小野語帶羨慕地說，「我想他應該錢多得花不完。」

「這個世上有人會錢多得花不完嗎？」

「當然有啊，就是住在東京田園調布那一帶的富豪。我上次在書上看到，那一帶的房子一百四十坪就要兩千萬圓。兩千萬喔！在這裡都可以蓋一座城堡了。」

「聽說那些有錢人都會用錢滾錢，很多人都是靠炒股票賺了大錢。」

「是啊，不過，這一陣子兜町[9]也很冷清，聽說很多K線師都跑路了。」

K線師就是根據K線圖預測未來股市，印成講義後賣錢的人。也有人在大馬路上架一塊黑板，高談闊論自己的預測。

「反正出現在須田家的神秘男子絕對不是因爲錢多得花不完，只希望真的是想回報以前的恩情。」

因爲高間知道，一旦和命案有關，又會牽扯出很多麻煩事。

蘆原的公寓離須田武志所住的昭和町不到五公里，周圍擠了很多不知道在製造什麼的小工廠。原本以爲只是普通的平房，但探頭張望，才發現裡面有穿著汗衫的男人正在操作車床或是銑床。再仔細看看，就會發現潮濕的地上散了很多鐵粉和鐵屑。

逢澤川的支流經過這個地區，垃圾、廢棄油和腐爛的臭味都混在一起，飄了過來。

蘆原所住的公寓剛好面向逢澤川的支流，這棟老舊的兩層樓木造房子，牆壁上有多次修補的痕跡。蘆原的房間是一樓的二號室，但門鎖上了，裡面似乎空無一人。

9.東京中央區的地名，東京證券交易所和多家證券公司、銀行都在那一帶。

高間和小野在門口張望，一號室的門打開了，一個圓臉的中年婦女探出頭，問他們有什麼事。小野出示了警察證，中年婦女立刻擺出低姿態。她是房東僱用的管理員，一臉貪婪，渾身散發著廉價化妝品的味道。

「請問蘆原誠一先生從什麼時候開始不回家的？」高間問。

「三月底之前還偶爾看到他進出，之後就突然離開，再也沒有回來。他在三月時已經繳了四月的房租，所以也沒有去清理他的房間。如果他再不回來，就要把他的行李搬走了。」

女人咬著口香糖回答。

「我們想看一下他的房間，可以嗎？」

「沒問題啊。之前我也看過了，裡面沒啥值錢的東西。」

女人趿著鞋子走進自己的房間，又拿了一大串鑰匙走回來。

蘆原的房間內的確沒什麼東西，只有吸收了大量濕氣的廉價被褥和一個大紙箱。紙箱裡雜亂地放著穿過的內衣褲、襪子、衛生紙、破布、槌子和釘子。

「蘆原先生是什麼時候搬來這裡的？」

高間問女管理員。

「呃，去年秋天……我記得是十月。」女人回答。

「他做什麼工作？」

「一開始沒有工作，後來好像在附近的印刷廠當排字工。」

小野問了那家印刷廠的名字後記了下來。

「有沒有人來這裡找他？」

「這裡嗎？我不太清楚……」

女人誇張地皺起眉頭，但立刻看著高間說：「好像曾經有人來找過他。有聽過一個年輕男人的聲音……但我沒看到他長什麼樣子。」

「什麼時候？」高間問。

「我記得是一、兩個月前。」

高間認爲很有可能是須田武志。

高間又問那個女人，蘆原是否曾經晚上出門？因爲他應該會在晚上前往石崎神社，和須田一起練習。

但是女人冷冷地回答說，她不清楚。

離開蘆原的公寓後，高間他們又去了他之前工作的印刷廠。印刷廠老闆個子不高，戴了一副金框眼鏡。老闆說記得蘆原誠一，但不知道他去哪裡了，還說原本就是在年底生意忙不過來的時候才僱用他，正打算這陣子解僱他。

「即使蘆原和武志有交集，仍然有很多疑問。他們到底在哪裡認識的？」

前往東西電機的電車上，高間嘟囔道。

「不是那個少棒隊嗎?」小野說。

「他們在少棒隊認識後，覺得彼此意氣相投嗎?」

「難道不是嗎?」

「我覺得應該不是。如果武志在神社練習是爲了學名爲『魔球』的變化球，他應該會愼選練球的對象。而且，他原本就已經有北岡明這個搭檔。他挑選蘆原做爲練習對象，其中必定有原因。換句話說，武志需要蘆原，正因爲需要他，才會去少棒隊的練習場找他。」

「原來是這樣，少棒隊的領隊也說，武志是最近才突然出現的。你剛才的推論應該很合理。」

「這樣的話，就代表武志之前就認識蘆原。蘆原並不是特別有名的選手，武志怎麼會認識他?而且，他需要蘆原的什麼?」

高間忍不住嘆氣的同時，電車已經抵達目的地島津車站。

車站前有一個小型圓環，周圍有很多商店。最角落的是派出所，一名年輕警官正在打呵欠。兩個遊民躺在車站廁所前。

他們很快就發現了即將前往的公司，因爲站在遠處就可以看到「TOZAI」的牌子。

東西電機的大門前警備森嚴，除了訪客以外，就連員工出入也被警衛要求出示證件。

「簡直就像車站的剪票口。」小野輕聲說道。

「可能是因爲發生了那起案子，」高間回想起來。「之前不是有人在這家公司放置炸彈嗎？可能是受到那起案子的影響。」

「我想起來了，之後還發生了公司董事長遭到綁架的事件，不知道偵辦的結果怎麼樣？」

「不太清楚，我只覺得要求贖款，結果沒有拿錢，反而綁架董事長這件事太匪夷所思了。」

高間他們出示身分證明後，警衛露出緊張的表情說：

「兩位辛苦了。」

警衛一定以爲他們來調查炸彈案。

高間向他們說明與爆炸案無關，而是爲了調查其他案子，想找人事部的人。警衛似乎難以理解，但沒有多說什麼，遞給他們出入許可證。

從正門進入後，向櫃檯小姐說明了情況，櫃檯小姐把他們帶到裡面的大廳。大廳內有五十張四人座的桌子，公司職員和訪客都在這裡熱烈地進行開會和商論。

高間他們在其中一張桌子旁坐了下來，小野立刻起身，不知道去哪裡拿了簡介回來。那是東西電機的宣傳簡介。

「原來這家公司成立至今還不到二十年，沒想到去年的營業額高達一百五十億，成立時才七千萬圓，成長的速度太驚人了，目前的資本額有三十億。」

小野看著簡介，語帶佩服地說。

「成功人士都是這樣。」

高間也把簡介拿在手上細看，第一頁有中條董事長的照片，想到他曾遭人綁架，不禁有一種奇妙的感覺。

不只如此，高間還感覺到有某個地方不太對勁，但又搞不清楚是哪裡有問題。然而隨著時間一分一秒流逝，最初的直覺也漸漸淡薄。

「怎麼了？」小野問。

「不，沒事。」

高間擦了擦臉。

五分鐘後，人事部的一個叫元木的人現身。他瘦瘦的，長得很白淨，看起來有點神經質。

「是不是炸彈案有什麼新的發現？」

元木用輕細的聲音問道。原來他也誤會了。但高間覺得情有可原。

「不，不是的，我們是來打聽其他的案子，和炸彈無關。」

聽到高間的回答，元木茫然困惑地移動著視線。

「其他的案子是？」
「殺人案。」
高間明確地告訴他，元木似乎一時不知道該說什麼，閉上嘴巴瞪大了眼睛。
「這起案件的關係人中，有一個人以前曾經在東西電機工作過，我們想調查那個人的情況……不知道你還記得有一個叫蘆原誠一的人嗎？」
「什麼？蘆原？」元木驚訝地問。
高間感到他的驚訝很不尋常。
「是棒球隊的蘆原，他怎麼了？」
「不，那個……你剛才說，和炸彈案無關吧？」
「對，沒有關係，我們在調查高中生遭人殺害的案子。有什麼問題嗎？」
「喔，那個……」元木猶豫了一下說：「昨天也有刑警來公司，他負責調查炸彈案……那位刑警也來問蘆原的事。」
「喔？真的嗎？」
「眞的。他問了蘆原離職後住的地方，但沒有告訴我爲什麼要找他。」
「那位刑警姓什麼？」
「我記得姓上原。」
高間向小野使了一個眼色，小野立刻起身走向公用電話。高間也認識上原，他是桑名手下的刑警。高間想起那個小組正在調查炸彈案。

爲什麼炸彈案也和蘆原有關？高間不禁沉思起來。是偶然嗎？還是——？

「上原問了你什麼？」

「就是蘆原離職後的地址，和他在職期間的經歷。」

「不好意思，可不可以請你也告訴我？」

「好啊，我剛好有當時的紀錄。」

元木打開印有「TOZAI」字樣的筆記本。

昭和三十年（一九五五年），蘆原從和歌山縣的南海工業高中畢業後，被分到電器零件製造部生產三課，該年十二月調至測試品實驗組。因爲他參加了棒球隊，所以調到了時間上比較有彈性的職場。

他在棒球隊前四年的成績平平，之後逐漸成爲王牌級投手。

昭和三十七年（一九六二年），他在工作時發生事故，右腿喪失了功能，並在同一年離職。

他在離職後的地址並不是高間他們剛才所去的公寓，是更早之前所住的地方。

「你知道他在這家公司時的住家地址嗎？」高間問。

「知道啊。因爲他參加了棒球隊，所以都住在青葉宿舍。青葉宿舍是公司運動隊成員專用的宿舍，就在往北走一公里的地方，宿舍旁有運動場和體育館。」

元木在筆記本的空白處畫了地圖後，撕下來交給高間。

「他當時發生了什麼事故？」

「不值得一提的事故，」元木說：「他打算用瓦斯槍作業，但好像瓦斯漏氣了，突然噴出火，導致他燒到了腳。調查後發現事故原因是作業步驟疏失和安全確認不足，算是自作自受。」

「是喔……」

「原本可能會導致重大事故，所以，照理說要做出停工處分，但當時公司只做出譴責處分而已，已經對他網開一面了。」

元木闔上筆記本時，小野回來了。高間便向元木道謝後離開了。

「我已經向本橋先生報告上原先生也在追蘆原的事，他很驚訝。」

「當然會驚訝，原本以為是不同的案子，沒想到有了交集。」

「本橋先生說，會馬上和桑名先生打招呼。」

「辛苦你了。」

「查到蘆原的下落了嗎？」

「不，可惜沒找到任何線索。」

高間向小野說明了蘆原的經歷。

「棒球選手一旦腳受傷就完蛋了。」小野嘆了一口氣。

小野打電話去測試品實驗組這個部門，希望向蘆原的舊同事瞭解情況，但他很快就一臉愁雲慘霧地回來了。

「不行嗎？」高間問。他以為是上班時間，對方無法馬上抽身配合調查。

「很奇怪喔，對方說蘆原和任何人都不太熟，所以無法提供值得一提的情報。我堅持說想要見面，對方說他現在很忙，就把電話掛斷了。」

「嗯，的確很奇怪。」

「要不要在公司門口等他們下班？」

「不，今天就算了。我們先去棒球隊的宿舍，那裡應該可以打聽到有意思的消息。」

高間脫下上衣，掛在肩上。

東西電機北側是一大片高麗菜田，高麗菜田後方有好幾棟白色的房子，好像新建的社區。這幾棟房子用鐵網圍了起來，掛著的牌子上寫著「東西電機有限公司第一宿舍」。

宿舍旁有一個運動場，有三棟兩層樓的房子面對運動場，其中一棟就是青葉宿舍。

高間他們走進大門，立刻看到左側有一個大鞋櫃。這裡似乎住了二、三十人，數十雙鞋子雜亂地丟在那裡，散發出一股奇怪的臭味。

「找哪位？」

一個白髮男從右側的小房間探出頭，窗戶上寫著「舍監室」，他應該就是舍監。

高間他們自我介紹後，男人露出警戒的眼神說：

「沒有人知道蘆原的下落。」

從他的態度研判，上原似乎已經來過這裡。

白髮的舍監接著說：「你們認爲那孩子放了炸彈，但你們搞錯了，那孩子不可能做這種事。」

「不，我們不是來查炸彈案的，是爲了其他案子來找蘆原，是一起和棒球有關的案子。」

「和棒球有關的案子？」

男人充滿敵意的眼睛稍稍出現了變化。也許是因爲他是棒球隊的舍監，所以棒球這兩個字特別有感情。

「您知道開陽高中的須田武志被人殺害的事件嗎？我們正在調查那起案子。」

舍監皺了皺夾雜著白毛的眉頭，露出沉痛的表情。

「須田嗎？眞是太可惜了，這麼優秀的投手居然遭人殺害了。」

「您眞瞭解狀況。」

「我當然瞭解，從以前就認識他了。他去開陽那種爛球隊就是錯誤的開始，他應該來我們公司的球隊，當時，我是這麼說的。」

他似乎覺得自己有球探的潛力。高間不禁在內心苦笑起來。

「您是在須田進入高中後才認識他吧？那時候已經來不及了。」

小野調侃道，舍監憤慨地瞪大眼睛。

「才不是呢，我在他讀中學時就認識他了，而且，搞不好他當時眞的會進東西電機。」

他說話的態度引起了高間的注意。「您說搞不好的意思是？」

「他在國中三年級時，曾經來過這裡，說要來參觀球隊的練習。」

「須田武志來過這裡？」高間驚叫出聲，便不請自來地從旁邊的門走進了舍監室。

「可不可以請您詳細說明一下當時的情況？」

「沒什麼詳不詳細的，就這樣而已。他說可能會來東西電機上班，所以來參觀球隊的練習情況。很遺憾，他只來了那一次。」

「他一個人來的嗎？」

「不，我記得是……」舍監瞇起眼睛看著天花板。「對了，是三谷帶他來的。對，絕對錯不了。」

「三谷是誰？」

「是我們公司球隊的選手，他是外野手，臂力很好。他是須田中學時的學長，所以才會帶他來。」

「我們可以見到這位三谷嗎？」

高間乘勝追擊地問。

「可以啊，」舍監看了一眼牆上的圓形時鐘。「他們練習快結束了，馬上就回來了，你們可以在這裡等他。」

舍監的態度漸漸親切起來，還爲兩名刑警倒了茶。

「對了，蘆原怎麼會牽涉到須田的案子，你們該不會在懷疑是蘆原幹的？」

「沒有、沒有，」高間搖著手。「我們得知須田在遇害之前曾經見過蘆原，所以想要向他瞭解一下情況，但不知道他的下落，所以有點傷腦筋。」

接著，高間喝著茶，向舍監打聽了蘆原的情況，藉此和舍監搞好關係。

「蘆原是怎樣的投手？」

「他是一位優秀的投手，之前是和歌山南海工業高中的王牌投手，在三年級的夏天打進了甲子園，很可惜在第一輪時就落敗了。」

不知道是否充滿懷念，舍監的臉上露出笑容。「他的球速並沒有很快，但做事很細心，幾乎沒有失控的情況發生。在他還理著大平頭的時候，我就認識他了，他身上有某種閃亮的特質。」

「他最擅長哪一種球路？」高間問。

「嗯，他會投很多種球，比較擅長曲球吧，還有落球。」

「落球？」高間和小野異口同聲地問。

「對，落球。像這樣直直地飛過來，」舍監握起右拳當作是球放在眼前，「在本壘板前突然飄落下來。」他的拳頭左右搖晃後向下移動。

「很有趣的球，大家都稱爲蘆氏球，蘆原的蘆，事先沒有預警就突然投這種球，連捕手也說很難接到他的這種球，但威力很強。」

高間和小野互看了一眼，也許正是所謂的「魔球」，須田武志接近蘆原，就是想學這種球。

「所以，他是在身爲投手最風光的時期遇到了事故囉？」

高間問。

「對啊，那起事故很莫名其妙……」

「怎麼莫名其妙？」

「不談了，沒什麼。」

舍監趕緊拿起杯子喝茶掩飾臉上的慌亂，剛才蘆原的老同事又避談他的話題，高間覺得那起事故似乎有什麼隱情。

不一會兒，大門口傳來嘈雜的聲音，棒球隊的球員回來了。舍監走到窗戶旁，把三谷叫了過來。一聽到刑警上門，原本吵吵嚷嚷的球員立刻閉了嘴。

三谷的個子不高、肌肉很結實，看他的長相，就知道個性很不服輸。一開始他很警戒地繃緊了臉，但聽到要問須田武志的事，表情便放鬆下來。

「他眞可憐，全心全意投入棒球，居然會遇到這種事……請你們一定要抓到兇手。」

「我們一定會全力以赴。」高間回答後，向三谷確認了當時帶武志來這裡的情況。

三谷表示，當初的確是他帶武志來這裡。

「那時候我偶爾會回母校看他們練習，須田說他可能不讀高中，想要進東西電機，所以想參觀一下公司，拜託我帶他來。我們球隊當然很歡迎須田進來，所以立刻請示了領隊，得到同意便帶他來參觀。」

「所以，是你帶他參觀的？」高間問。

「對，我先帶他參觀了這裡，解釋了宿舍的情況和設備，然後又帶他去運動場參觀練球的情況。」

「也去了投球練習場嗎？」

「當然帶他去看了，我們公司的設備很齊全。對了，那時候，須田參觀投球練習場很久。我記得因爲有人參觀，投手投得特別賣力。」

「那時候的投手也包括蘆原嗎？」

高間瞥了一眼舍監後問。

「蘆原？有啊，他也在。那一陣子是他的顚峰時期，蘆原怎麼了？」

「聽說他最近見過須田。」舍監在一旁插嘴說。

「是喔？」三谷露出意外的表情看著兩名刑警，似乎用眼神在問，你們在懷疑蘆原嗎？

「蘆原在那一陣子有沒有投不尋常的球？比方說，蘆氏球之類的。」

高間改變了話題。

「對，那個球很奇特，飄過來就落地了。」

「飄過來就落地了……」

終於找到交集了。高間十分滿意。如果那時候，武志第一次見識到蘆原「飄過來就落地」的球，之後就牢記在心裡——

「你帶須田來這裡時，他有沒有和其他人聊天？」

「呃，我記不太清楚了，但好像沒有和其他人說話，但領隊一直希望他加入我們球隊。」

「他參觀這裡之後呢？」

「我帶他去了總公司那裡，」三谷說，「是須田主動提出的。我原本覺得只要帶他看棒球隊練習的情況和宿舍就好。」

「喔？是須田主動要求的？」

高間感到有點意外。雖然如果他想進這家公司工作，參觀總公司是很正常的要求。

「他去了總公司的哪個部門參觀？」

「很多地方，像是工廠，還有辦公室。」

「他這麼熱心地參觀，但最後還是沒有進公司。」

「對啊，」三谷露出有點惱火的表情。「不久之後他告訴我，還是決定繼續求學。這也情有可原啦，我知道他的盤算，他一定覺得如果能打進甲子園受到矚目，更有利於日後進入職棒。話說回來，他居然相信那所高中也可以進甲子園，實在太了不起了。」

聽了三谷的話，高間有一種奇妙的感覺。武志很早之前就決心加入職棒，也爲此設計了藍圖，爲什麼在中學三年級時，曾經猶豫到底該工作還是繼續求學？難道是因爲想早一點分擔家計嗎？

「須田來參觀後，你沒有再和他見面嗎？」

「不。我回學校時曾經見過幾次，但他沒有聊到要找工作的事。我也不想一直找他談這件事。須田中學畢業後，我們就沒再見過。」

「是嗎？」

姑且不追究武志想要參觀東西電機的原因，但高間希望進一步瞭解蘆原的情況。

「我再問一下蘆原的事，」高間打了一聲招呼。「蘆氏球具體來說，到底是怎樣的球？是曲球之類的嗎？」

「不，不是曲球。可以算是蝴蝶球或是掌心球，只不過握法和這兩種球都不一樣。蘆原不願公開投球方法，但聽說有人曾經用八毫米的攝影機拍下來研究，發現和投直球時的握法幾乎一樣，搞不懂到底有什麼不同，但投出的球卻是變化球，飄啊飄的。」
三谷輕巧地搖動手掌來形容蘆原的球。
「沒有人知道其中的秘密嗎？」高間問。
「沒有人知道。蘆原不告訴任何人，搞得神秘兮兮地，所以還出現了奇怪的傳聞。」
「什麼奇怪的傳聞？」
「只是一些出於嫉妒的無聊傳聞。」
三谷說完聳了聳肩膀。「有人說，蘆原在球上動了手腳。他的手指可能沾了口水或潤滑劑，所以在投球的瞬間指尖會打滑，球會出現不規則的變化。還有人說，他可能故意刮傷棒球。」
「刮傷棒球？」
「在投球前快速地用砂紙把球刮傷，投出去的球就會因爲和空氣之間的摩擦，使球路發生變化，是眞是假就不得而知了。」
高間不由得佩服起來，原來投球還有這麼多學問。之所以有人這樣懷疑，代表以前曾經有投手這麼做過。難道爲了投出屬於自己的魔球，需要做到這種程度嗎？
「蘆原的球應該沒有違規吧？」
「我相信沒有，」三谷斬釘截鐵地說，「有好幾個人查過，但蘆原是淸白的。」
「既然受到他人的諸多懷疑，蘆原爲什麼繼續保守秘密，不願公布呢？」

「他可能希望成爲永遠的秘密吧？我們至今聊到他投的球，仍然覺得很厲害。」

也許棒球的世界是這麼一回事吧。高間不禁想道。

高間問三谷是否知道蘆原的下落？三谷回答不知道，看起來不像在說謊。但問到造成蘆原腿受傷的事故時，他開始吞吞吐吐，看來的確另有隱情。

臨走時，高間問他有沒有看開陽參加今年選拔賽時的比賽？三谷回答說：

「我看了。太可惜了，他向來不會那樣暴投。」

「你對那個球有什麼看法？」

「我不太清楚，應該是太緊張導致控球失誤吧？傳說甲子園有魔鬼，即使是天才投手須田，也敵不過魔鬼。」

3

高間他們回到搜查總部，發現上原也在本橋的辦公室一起等他們。上原比高間小兩歲。

「聽說蘆原也牽涉你們手上的案子，嚇了一大跳。」

上原露出親切的笑容說。

「我也嚇了一跳。」高間也面帶笑容。「你好像爲炸彈案四處調查了蘆原，搞得我們無論去哪裡都惹人厭。」

「我認爲蘆原很可疑，託你們的福，找到了他最新的落腳處，幫了很大的忙。我們去了工廠附近的公寓，把他房間內的紙箱帶了回來，目前正由鑑識課的人在調查。」

「到時候記得分享啦。」高間點了一支菸。「你爲什麼覺得蘆原可疑？」

「說來話長。」

上原抓著耳朵，看著手上的報告，那似乎是偵查會議用的資料。

「我們一開始就研判設置炸彈的是和東西電機有關的人員。尤其根據作案手法，懷疑是前員工所爲。而且，我們也注意到炸彈放在廁所三樓這一點。三樓是資材部和宣傳部，我們研判歹徒可能和其中一個部門的人結怨，徹底追查了以前屬這兩個部門的離職人員，卻反而繞了一個大圈子，這些調查全都是白費工夫。」

「什麼意思？」

「過了一陣子後我們才發現，那棟建築物內的部門曾經在前年年底調動過，之前在三樓的是健康管理部和安全調查部。」

「如果歹徒是在前年之前離職，很可能並不瞭解這些情況。」

「沒錯。因此，歹徒很可能鎖定的是健康管理部或安全調查部。我們從這個角度重新展開調查，發現安全調查部負責調查公司內的事故。當事故發生時，必須判斷是否人爲疏失所造成的，一旦被判斷爲人爲疏失，之後就無法升遷，甚至有不少人不得不離職，我們懷疑是因此結怨。」

「結果就在調查之前的事故時，查到了蘆原……」

「我是因爲一些小問題，注意到那起事故。關於那起事故的報告很簡單，而且內容很模稜兩可，我問了相關人員，仍然沒有得到明確的答案。」

「我今天去調查時，也遇到相同的情況。」高間說。

「最後，我們抓了蘆原的老同事逼問，他一臉哀戚地拜託我們，絕對不能透露是他說的。那起事故果然有隱情，你應該知道事故的內容吧？」

高間點頭說：「我知道。」

「據說是操作瓦斯槍疏失，但似乎不是這麼一回事。其實是橡皮管老化導致瓦斯外漏，才會起火燃燒。」

「是喔。」

高間剛才聽到事故原因是瓦斯槍操作步驟疏失時，就覺得事有蹊蹺。

「但安全調查部的人巧妙地隱匿事實，所幸在一旁作業的職員滅了火，沒有釀成大禍，只有一輛救護車到場。安全調查部的人就乘機換掉有問題的瓦斯槍和橡皮管，推說是蘆原的作業疏失。」

「爲什麼要這麼做？」

「理由很簡單，那支有問題的瓦斯槍才在一星期前做過定期檢查，被認爲沒有問題。而且做定期檢查的不是別人，正是安全調查部。所以一旦器具有問題，就代表他們的檢查工作有疏失。」

原來如此。高間心想，安全調查部的人爲了隱匿自己的疏失陷害蘆原。

「但不是有目擊者嗎？滅火的員工應該知道眞相。」

「聽說當時有三個人在場，可是三個人都承受了來自高層相當大的壓力，推說不清楚事故原因，因爲公司方面擔心影響到安全調查部的權威。蘆原一再主張自己沒有疏失，公司方面卻不理會。奇怪的是，雖然公司把事情壓了下來，但有幾名員工隱約察覺到眞相。雖然他們察覺了眞相，卻沒有張揚，因爲擔心自己的飯碗不保。」

「工會怎麼沒有出來力挺員工？」

「東西電機的工會根本是公司的爪牙，完全沒有作用。」

高間嘆了一口氣，內心湧起對蘆原的同情，似乎也能理解他想用炸彈炸掉一切的心情。

「根據目前的調查，沒有人比蘆原更有強烈的動機，但還有幾個疑問。首先是炸藥的來源，其次是不良於行的蘆原怎麼可能潛入東西電機？另外，威脅、綁架中條董事長是不是蘆原的所爲也是問題。從以上這些問題來看，總覺得還有共犯的影子。」

「共犯嗎？」

高間和小野互看了一眼，腦海中浮現出須田武志的臉龐。

「有沒有找到蘆原和須田武志的交集?」

本橋問道，似乎察覺到高間的想法。

「找到了。」

高間報告了今天的情況，上原也在一旁聽取。

「是嗎?這麼說，幾乎可以確定在石崎神社陪武志練習的就是蘆原。」本橋滿意地說：「接下來要查武志是否和炸彈案有關。」

「蘆原殺了武志嗎?」

年輕的小野問道。

「目前還無法判斷，」本橋回答，「他是可疑人物，動機應該和炸彈案有關。」

「但須田武志和炸彈案有關的可能性相當低，」上原說，「不可能因爲他們一起練球，就協助蘆原犯罪。而且中條董事長說，歹徒是肥胖的中年男子。」

「肥胖的中年男子，的確不像是須田武志。」

小野在一旁嘀咕。

「總之要先找到蘆原的下落，對兩起案子來說，這都是首要問題。」

本橋總結，高間和上原一起點頭。

4

翌日早晨，高間起了個大早，前往位在近郊的縣營運動場，看蘆原曾經擔任教練的少棒隊練習的情況。

雖然是大清早，但運動場上很熱鬧。有人在跑步，有人在做運動，也有業餘球隊的人在打棒球。高間沒有想到居然有這麼多人一早來運動。

少棒隊在業餘棒球隊的對面練習，他們的制服上用片假名寫著球隊的名字「藍襪」，一個看起來像是領隊的男人正在擊球，少棒隊球員接球練習防守。他們的口令聲和動作都很有精神，旁觀的人心情也跟著爽快起來。

不一會兒，少棒隊球員排成兩列開始跑步。今天早上的練習似乎已經結束，剛才擊球的男子也離開了運動場。

「請問是八木先生嗎？」

男人聽到高間的聲音驚訝地停下腳步。高間從小野口中得知，少棒隊的領隊姓八木。虎背熊腰的八木四十多歲，理了個五分頭。

高間自我介紹後，說想打聽一下蘆原和須田武志的事。八木神情嚴肅地答應了。

「蘆原很熱心，接球姿勢和揮棒動作都會親自示範，他不是有一條腿不方便嗎？小孩子似乎感受到他的用心，都很聽他的話。」

「蘆原怎麼會來這裡當教練？」

「他主動上門，說希望在這裡當教練。他的資歷齊全，也可以感受到他的積極熱心，所以就請他幫忙了。」

「關於他的資歷，他有沒有提到在東西電機時的事？」

「不，他很少提到，我也沒有多問。」

「這麼優秀的教練，爲什麼家長不滿意他？」

「嗯，其實也不是那麼不滿意。」

八木開始吞吞吐吐，然後用力抓著平頭。「家長中，有一個帶頭的人，或者說是實力人物。在那名家長的強烈要求下，其他家長也無法反對。因爲擔心小孩子之間不和，所以並沒有告訴他們實情，但無論到哪裡，都有這種腦筋不清楚的家長。」

「的確是。」高間也表示同意。

少棒隊球員已經跑完一圈，開始跑第二圈。八木要求他們更大聲地喊口號，他們立刻大聲喊了起來。其中有幾個人看著高間。

「聽說須田武志最近也經常來這裡。」高間說。

「對，但很快又沒來了。」

八木苦笑起來。

「須田和蘆原有交談嗎？」

「好像有，但他們不像是舊識。」

「八木先生，我有一事相求——」

聽到高間這麼說，八木露出緊張的表情問：「什麼事？」

「有些事想要問這些孩子。我想知道蘆原在這裡當教練時，是否有人把這件事告訴須田？」

「喔……是嗎？」

八木想要發問，但似乎又覺得不便多問，閉嘴想了一下，便對著那些孩子舉起大聲公，要求他們來這裡集合。那些孩子排著整齊的隊伍跑了過來，在八木面前列隊。高間覺得他們太有紀律了。

八木代替高間發問，那些少年紛紛露出訝異的神情。八木又問了一次，隊伍後方有一個少年舉起了手。他是一個高高瘦瘦的孩子。

「安雄，眞的嗎？」安雄用力點點頭。

果然是這樣。高間對少年點了點頭。須田之所以會來這裡找蘆原，一定是有人告訴他，蘆原在這裡當教練。

「好，那安雄留下，其他人繼續跑步。」

八木說完，那些少年繼續跑向運動場，這支少棒隊眞是訓練有素。

高間請安雄告訴他當時的情況。據安雄說，他家就住在須田家附近，去年年底時，他在澡堂告訴了須田這件事。

「須田哥問我藍襪隊的情況，我就告訴他，來了一個很厲害的教練。須田哥問我是誰，我就說是蘆原教練，以前在東西電機當投手。」

「須田當時說什麼？」高間問。

「沒特別說什麼……」

安雄的語氣開始含糊不清。

高間認爲，武志絕對是在那個時候知道蘆原在這裡。聽到蘆原的名字，便回想起三年前在東西電機的練習場見識過蘆原的「魔球」。於是，他來到這個運動場向蘆原拜師，之後就在石崎神社接受特訓。

問題是「魔球」和這些事件有什麼關係？但是——

高間已經問完了，安雄回到隊伍中跑步。高間目送著他的背影問八木：

「須田武志小時候是怎樣的孩子？」

「這個問題很難回答，」八木苦笑著。「簡單地說，他是天才。比方說，在正式開始練習投球時，他的姿勢還七零八落的，但不可能一次全都糾正，於是我先糾正他一個缺點，結果第二天他就改正了。我再糾正另一個問題，翌日他又改正了。每次都是這樣，所以轉眼間，他就掌握了正確的姿勢。我問他是怎麼辦到的？他告訴我，每次糾正過後，晚上去澡堂洗澡時，都會在鏡子前徒手練習，很快就學會了。那時候他才國小三年級，我覺得他是個不同尋常的孩子。」

「太了不起了。」高間說道，他甚至覺得這樣的孩子有點可怕。

「還有其他事可以證明那孩子是天才。比方說，他在比賽時的控球比在練習時更穩，可以憑直覺破壞打者的步調，當然他的球速也屬於天才級的。」

「他的性格呢？」

「性格嗎……？」

八木沉默不語地想了一下，小聲地說：「老實說，他不算是開朗的孩子，平時很少說話。除了練習時以外，通常都獨來獨往。搭巴士去比賽場地時，甚至有小孩子提出，不想坐在須田旁邊，因為很無聊。不過，須田內心有一種很強烈的東西，不知道該怎麼形容，不能說是鬥志，也不是反叛，有一種更異常的感覺。」

「異常？」

高間沒想到八木會這麼形容，忍不住問道。

「曾經發生過所謂的手套事件，」八木說，「有一個孩子的手套被割得稀爛。那個孩子稍不留神，手套就被人割爛了，當時不知道是誰幹的。幾年之後，才知道是須田下的手。」

「須田嗎？」高間皺著眉頭。「他為什麼要這麼做？」

於是，八木告訴他當時的情況。

那是須田五年級的時候。爲了加強球隊實力，決定晨訓要提前三十分鐘開始練習。沒想到提早晨訓後，有一個學生每天都遲到，就是武志。他每次都遲到五分鐘，而且每次都上氣不接下氣地跑來，每天的理由都是「睡過頭了」。

八木一開始都會斥責他，幾天之後，覺得其中一定有隱情，問他是不是隱瞞了什麼事？但武志只是一味道歉，並保證第二天絕對不會遲到，請領隊不要去告訴他媽。

手套事件差不多就在那個時期發生。手套的主人次郎住在武志家附近，他家也不富裕，對他來說，手套是他的寶貝。

最後還是查不出是誰割壞了手套，武志也不再遲到，這件事漸漸被八木遺忘。

直到最近，八木才知道事情的眞相。當時也是球隊成員的阿守告訴了他眞相。

也許是爲了幫忙家計，當時武志在練球前都會先去送報，成爲他每天都遲到的原因。因爲早報送到派報社的時間都是固定的，無論武志起得再早都沒有用。

只有一個學生知道這件事，就是次郎。因爲他曾經好幾次看到武志在清晨送報。

武志對次郎說：

「不許告訴別人，一言爲定喔。」

武志在球隊雖然不受歡迎，但實力無人能出其右。次郎向他保證，絕對不告訴任何人。

但由於武志頻頻遲到，領隊爲這件事斥責武志，次郎開始覺得隱瞞眞相很痛苦，就把這件事告訴了他的好朋友阿守。如果阿守守口如瓶，也不會引起問題，但阿守去向武志確認。

「須田，聽說你在送報？」

武志很驚訝，隨即惡狠狠地問：

「誰說的？」

「次郎啊。」

「沒錯，」武志點了點頭，隨即瞪著阿守叮嚀：

「但你不許說出去。」

不久之後，就發生了手套事件。次郎和阿守當然知道是誰幹的，但次郎有錯在先，不敢說出口，阿守也擔心自己會有相同的下場，所以也沒有說出來。

「那兩個人都怕須田。」

雖然提起這件負面的往事，但八木露出懷念的眼神。

「他爲什麼隱瞞送報的事？」

高間問。

「應該是不希望因爲這個原因被人同情吧？他就是那樣的孩子。」

看起來的確是這樣。高間也很認同領隊的分析。

「須田之後不是不再遲到了嗎？他送報的工作怎麼樣了？」

「沒怎麼樣，」八木回答，「聽說他在送報時跑得更快，練球時就不會遲到了。」

「原來如此……」

沒錯，高間心想，須田武志一定會用這種方法解決。

高間向八木道謝後，聽著那些學生的口令聲，離開了運動場。

約定

マキユウ

1

這一帶完全沒變——男人坐在列車上，看著窗外的風景輕聲低語。佔據整個視野的田野中，出現不少塑膠屋的溫室，還有以不規則的間隔豎著的稻草人。沿途不時看到藥品和電器的巨大看板。當列車漸漸接近車站，民房越來越多；列車遠離車站後，又是一片廣大的田野。

——幾年沒回來了？

他在腦海中計算著。早就超過三年，是四年還是五年……可能有六年了。對了，是五年。上次在自己最風光的時候凱旋歸來——

不知道洋子怎麼樣了？她還在那家陰暗的點心店當店員嗎？不可能吧。她已經二十四歲了，還是二十五？希望她早日嫁到好人家。不知道她有沒有對象？依照老媽那種性格，她一定對自己的婚事不著急。不，可能是洋子爲了照顧老媽，不願意離開家裡。我這次回去會告訴她，老媽由我來照顧就好。沒問題的，雖然我身體變成這樣，但照顧老媽一個人絕對不成問題——

不過，回家眞不容易。男人心想。信上沒有寫具體的情況，只說回家再談，他打算回家之後再和他們慢慢聊。

列車穿越幾個隧道後，眼前的風景越來越熟悉。什麼都沒變。這讓他放了心。

車內廣播報了站名。那是他聽了十幾年的熟悉站名。數年前，他從這個車站離開家鄉。

走下月台，走出剪票口時，他突然心跳加速，妹妹或母親應該會來車站接他。

他一瘸一拐地經過剪票口，臉頰抽搐了幾下，四處張望，卻沒有在車站的候車室內看到熟悉的臉龐。妹妹和母親都不在，只有兩個身穿西裝的男人在抽菸。

——怎麼回事？爲什麼沒有人來接我？

他看到商店後方有公用電話，便拄著枴杖走了過去。他看到了站前商店街，熟悉的風景變得格外空虛。

他拿起公用電話的聽筒，投了十圓硬幣。正準備伸手撥轉盤時，有什麼東西擋住了他手邊的光線。他停止撥號抬起頭，剛才坐在候車室長椅上的兩個西裝男人分別站在他的兩側。

「你們要幹什麼？」他問。

「你是蘆原先生吧？」

右側的男人面無表情地問，然後從西裝內側口袋掏出黑色警察證。

「你是蘆原誠一先生嗎？」男人又問了一次。「請你跟我們走一趟。」

「啊！」蘆原拿著電話，忍不住叫了出來。

他似乎突然想起了什麼事。

2

上原一接到發現蘆原下落的通知，立刻趕往和歌山。蘆原寫信回老家，說打算返鄉，在他老家附近監視的刑警攔截了那封信。

目前幾乎可以確定，蘆原就是炸彈案的主犯。調查他留在公寓的紙箱後發現，裡面的木板和釘子與炸彈自動點火裝置的材料相同。

高間很希望趕快見到蘆原，但目前必須先調查炸彈案，只能先請上原幫忙問他和須田武志之間的關係。

那天晚上，上原終於打電話來。高間跑過去接起電話。

「蘆原承認是他幹的。」上原在電話中說。

「果然，那共犯呢？」

「這個喔……」

上原的聲音聽起來有點沮喪。雖然已經將炸彈案的歹徒緝捕歸案，但他似乎不太滿意。

「怎麼了？」

「蘆原聲稱沒有共犯，說都是他一個人幹的。」

沒有共犯？——高間用力握住了電話。

「你有沒有問須田的事？」

「有，但他說和須田武志沒有關係，也從來沒有和須田說過話。」

「什麼？」

「總之，我會立刻帶他回去。」

上原的語氣始終有氣無力。

——他說從來沒有和須田說過話？

高間覺得不可能。在調查蘆原時，到處都可以感受到武志的身影。在石崎神社和武志一起練球的瘸腿男除了蘆原以外，不可能是其他人。

翌日，高間和上原一起在偵訊室偵訊蘆原。他穿著深藍色上衣和襯衫，端正地繫著領帶。可能爲了回老家，特地穿上最好的衣服。蘆原有一張娃娃臉，或許是很久沒有打棒球了，他的皮膚並不會很黑。

蘆原看到高間，微微低頭打招呼。他並沒有感到尷尬，反而一副豁出去的態度，也可能是承認自己所做的事之後，心裡變得舒坦了。

「你認識須田武志吧？」

高間自我介紹後問道。蘆原緩緩眨了眨眼睛後說：

「我認識須田，因爲他是名人嘛。」

「你們有沒有私人關係？」

蘆原輕輕閉上眼睛，搖了兩、三次頭。

「太奇怪了，」高間邊把玩著手上的原子筆，邊看著他。「有人在石崎神社看到一個很像你的人和須田武志一起練球。」

「只是像我而已，對吧？並沒有確定就是我。」

蘆原滿不在乎地說。

「聽說有所謂的蘆氏球，」高間說，「感覺像是飄球，然後會突然落地。」

「我忘了，」蘆原移開視線。「很久以前的事了。」

「你是不是教了須田這種球？」

蘆原沒有回頭，抓了抓頭，重重地嘆了一口氣。

「我搞不懂，不是因爲炸彈案抓我嗎？須田和這件事完全沒有關係。」

「須田死了，被人殺害了。」

「我知道，那又——」

說到這裡，蘆原突然閉了嘴，打量高間的臉片刻後，點點頭說：「我懂了，你們在懷疑我。這就是所謂的另案逮捕[10]吧？」

「我們認爲炸彈案和開陽高中生命案有關聯，所以並非另案逮捕。」

「有什麼關聯？」

「放置炸彈的是武志。你教他變化球，他則接下這個工作做爲交換條件，難道我說錯了嗎？」

蘆原歪著嘴，無聲地笑了起來，然後說：

「那是我一個人幹的，沒有找任何人幫忙。我和須田武志也沒有任何關係。」

走出偵訊室後，上原把蘆原之前的供詞告訴了高間，大致內容如下：

「那天，我穿上舊工作服，把用炸藥做的定時炸彈放在手提包內，潛入了東西電機。事先就已決定好要在上班鈴聲剛響的時候，把炸彈放在三樓的廁所，因爲我知道那個時間來往的人最少。我把手提包放在廁所最裡面的隔間，貼上『故障』的紙。

接下來，只要趁定時裝置內的乾冰還沒昇華完時，逃得越遠越好就行了。但我在逃離的途中，突然產生了極大的恐懼，想到放置的炸彈會造成很多人傷亡，便開始恐懼不已，我還是無法做這種事。當我回過神時，發現自己又走回廁所。幸好廁所中沒有其他人，我走進隔間，破壞了定時裝置。其實就是用破布代替乾冰放進去，但我無法把手提包帶回去，因爲我怕別人起疑，要求檢查手提包。而且，我也希望安全調查部那些人體會一下被人放炸彈的恐懼。

10.在逮捕嫌疑犯時，因爲甲案尚無證據，便以另一件已有證據的乙案爲藉口進行拘留和偵訊，藉此調查甲案。

我穿著工作服走出東西電機總公司，來到車站前，把工作服丟進垃圾桶就回家了。

至於犯案動機，是打算向安全調查部那些人，尤其是西脇部長報仇。我因爲他們的怠慢發生了事故，讓我一條腿從此不良於行，他們居然還把事故原因怪罪到我頭上，說是我的人爲疏失。

當時，我也曾經想要報仇。棒球是我生命的意義，在失去棒球後，我想和他們同歸於盡。我想起我的國中同學在某所大學的工業化學系當助理，之前去大學找他時，他曾經帶我參觀實驗用的火藥庫。於是我就趁夜晚潛入大學，打破玻璃窗，潛入老同學的研究室，但因爲我的腿不方便，眞的費了很大的工夫。我知道火藥庫的鑰匙放在用號碼鎖鎖上的櫃子裡，號碼鎖的數字寫在櫃子後面，所以一下子就拿到了鑰匙。我從火藥庫裡隨便偷了一些炸藥和雷管，放回鑰匙時，還故意弄亂研究室，讓校方誤以爲是遭竊。

但是，我後來還是沒有使用那些炸藥。冷靜思考後，就覺得爲那種人去死太不値得了，於是，就把炸藥藏在行李中。

接下來的日子我過得很辛苦，也花了很多心思找工作，直到去年秋天，我成爲昭和町少棒隊的教練，終於找到了新的生命意義。我覺得這是我參與棒球的最後機會，所以很努力地教導那些孩子。

那是我久違的充實生活。握著白球，內心就有一股暖流，讓我忍不住想要大聲呼喊。那些孩子也很聽我的話。

但這種生活沒有持續太久，有家長不讓我繼續教下去，說不能讓沒有固定職業的人教小孩子。糟糕的是，最討厭我的家長在那些家長中說話很有分量，所以其他家長也漸漸贊同他的意見。雖然八木領隊爲我辯護，但我還是不得不離開。

之後，我就計畫要炸掉東西電機。因爲，那個說話很有分量的家長正是東西電機安全調查部的西脇部長。」

「原來是這麼一回事。」

高間一口氣喝下冷掉的茶。「雖然之前就猜到犯案目的是爲了報仇，但搞不懂爲什麼直到現在才開始進行，現在終於知道了。但是，那個說話很有分量的家長……這是孽緣。」

「眞的是孽緣，」上原說，「仔細想一想，就發現蘆原很可憐。」

「他的供詞有沒有前後矛盾？」

「並沒有決定性的矛盾，他偷炸藥的情況也符合我們調查的結果，只是還有一些疑問他沒有交代清楚。」

「哪些疑問？」

「比方說乾冰的問題。根據蘆原的供詞，他先放了乾冰，問題是他去哪裡買了乾冰？這一點還沒有查明。他說是在車站前商店街的點心店買冰淇淋時店員給他的，但根據店員的證詞，那天一大早並沒有客人。」

「眞有趣。」高間說。

「其次，蘆原說他自己走去三樓的廁所。果眞如此的話，他應該會發現三樓已經變成了資材部，但他說沒有看到。而且他腿不方便，絕對會引起別人的注意。」

高間說：「有共犯的可能性越來越大了。」

「有共犯的可能性相當高。」上原很有自信地說，「問題在於蘆原爲什麼隱匿這件事？如果共犯是須田武志，而且是蘆原殺了武志，他很可能擔心事跡敗露，所以故意隱瞞。」

「很有可能……」

蘆原的確有問題。如果他是殺人兇手，武志寫下的「魔球」很可能是爲了告訴別人，兇手就是他。若果眞如此，爲什麼不明確寫下「蘆原」？因此，魔球兩個字不應該是武志所留下的。如果蘆原是兇手，他當然不可能寫下有可能會查到自己頭上的文字。

「對了，有沒有問他綁架中條董事長的事？」

「他表示完全不知道這件事，還說很可能是有人從報上看到炸彈案，想要趁火打劫。」

「是喔。」

高間摸著鬍碴沒有刮乾淨的下巴，這種可能性並非不存在，的確有人會利用這種事件乘機勒索。

「不過，他在說謊，」上原說，「寄給中條董事長的恐嚇信絕對是炸彈案的歹徒所寫的，信中附了定時裝置的簡圖，連報上沒有公布的詳細數據都完全吻合，但蘆原還是堅稱不知道。」

「蘆原爲什麼要裝糊塗？有什麼說謊的必要？……」

「也可能他根本不知道。」

聽到上原這麼說，高間皺起眉頭。

「原來也有這種可能。蘆原眞的不知道，可能是共犯擅自綁架了中條董事長——」

「這麼說，武志的確不是共犯。因爲中條董事長說，綁架犯是肥胖的中年男子。姑且不談蘆原是不是殺人兇手，但武志可能眞的和炸彈案無關吧。」

眞的是這樣嗎？高間偏著頭思考。蘆原試圖抹去自己周圍的兩個人，一個人是炸彈案的共犯，另一個是須田武志。認爲這兩個人是同一個人是不是更妥當？但是，中條董事長見到的人顯然不是須田武志。

——搞不懂啊。

高間用拳頭敲著自己的太陽穴兩、三次。

3

田島恭平猶豫很久，最後決定邀須田勇樹同行。他希望勇樹也知道這件事，而且，他也不想一個人偷偷摸摸的。

放學後，田島在學校大門前等勇樹。學生三三兩兩地走出校門，每個人都一臉欣喜的表情，似乎早就忘記棒球社死了兩個人。

不一會兒，勇樹推著腳踏車經過校門。田島叫住了他，他露出意外的表情。因爲田島是棒球社的成員，所以勇樹認識他，但從來不曾有過交集。

「我等一下要去找刑警。」田島說。

勇樹驚訝地微微張開嘴。

「我有一件重要的事，要去見一位高間先生。是關於須田的事，關於須田和魔球的事。」

「你知道什麼線索嗎？」勇樹問。

「不能說是知道，但我發現了一些事，因爲事關重大不能不說……所以我想找你一起去。」

「是嗎……？」

勇樹把頭轉到一旁，若有所思地看著走出校門的學生人潮。

「那我就去看看吧，」他低語，「我也想瞭解魔球的事。」

「就這麼辦，那我們去車站吧。」

田島和勇樹一起騎上腳踏車。

田島在午休時間請森川打電話，約了高間刑警在昭和車站前見面，他和勇樹兩個人站在約定地點時，有人從身後拍了拍他的肩膀。

「你們兩個人一起來，眞難得啊。」

高間刑警露齒而笑，田島向他解釋，希望勇樹也在場。

「那找個地方聽你慢慢聊，你們肚子餓不餓？」

田島沒有立刻回答，和勇樹互看了一眼。高間察覺到他們的想法，乾脆地點點頭，說了聲：「好，走吧。」帶他們走去附近的拉麵店。

或許因爲不是用餐時間，拉麵店內沒什麼人。店內有一個吧檯，裡面有一張四人座的桌子。高間熟門熟路地走去裡面，田島他們也跟在他的身後。

女店員來爲他們點餐，三個人都點了拉麵，但高間對女店員說：「給他們來大碗的。」

然後又對田島說：「等吃完拉麵再聽你說。」

他拿出香菸點了火，輕鬆地問：「森川老師和手塚老師還好嗎？」

「呃？喔……」

田島忍不住轉頭和勇樹相視，因爲今天學校公布了一件事。

「發生什麼事了？」

高間把香菸夾在指尖，香菸的白煙升向天花板。

「因爲，」田島舔了舔嘴唇。「手塚老師要請假一段時間。」

「什麼？」高間皺著眉頭。「怎麼回事？」

「不知道。總之，她最近常請假。」

今天早上，教師辦公室旁的布告欄貼出了這張告示。手塚老師因爲個人生涯規劃，暫時休假一段時間——

大家都搞不清楚是怎麼回事，聽說和森川的事有關，無法繼續留在開陽高中。

中午的時候田島去找森川，拜託他聯絡高間。森川一副心事重重的樣子，田島叫他時，他也沒有聽到。

「事態好像有點嚴重。」

高間聽了，緩緩地抽了一口菸，露出凝望遠方的眼神。

拉麵送上來後，三個人拿起了免洗筷。田島吃著大碗的拉麵，心裡想著該怎麼開口。

4

向田島和勇樹道別後，高間緩緩走在傍晚的街頭。腦袋中各式各樣渾沌的想法宛如丟進了洗衣機，不停地打轉。由於轉速太快，高間無法掌握狀況。

——二十三日，中條董事長遭到綁架。翌日二十四日晚上，武志遭到殺害。然後剛才田島說的話……

還有在東西電機聽到的情報，以及少棒隊的事——所有的一切都在腦海中拚命打轉。

高間開始模糊地勾勒出命案的眞相，但歪歪扭扭的，無法形成明確的圖形。原因很清楚，因爲蘆原的供詞含糊不清。

——蘆原顯然在說謊，但他到底怎樣說謊？

高間在這個問題上的思考很混亂，無論怎麼重新設定蘆原的謊言，都無法合情合理地解釋所有的事。

天色暗了下來，高間繼續走在街上，不知不覺中，來到一家電器行前，許多人圍在新型的電視機前。高間不經意地瞥了一眼電視，也停下了腳步。他並不是對畫面有興趣，而是發現那是東西電機的商品。

資本額、營業額……小野之前給他看的公司簡介隱約浮現在他眼前。然後……

——等一下。

一個想法突然閃過高間的腦海，他猛然停下正打算離開的步伐。

因爲這個想法太離奇了。

這個念頭徹底推翻了之前的推理，但高間感受到自己的心跳加速。這個想法雖然離奇，卻符合高間在無意間的所見所聞。

「對……早就應該考慮到這個可能。」

他找到了紅色公用電話，不由自主地跑過去撥了電話。接電話的是本橋。

「可不可以緊急調查一件事？」高間說道，「也許可以解開所有的謎。」

「要調查什麼？」本橋問，他或許感受到高間的情緒，聲音也有幾分激動。

「很驚人的事啊，」高間說，「也許可以因此發現驚人的眞相。」

5

妻子紀美子來通知有兩名刑警上門時，中條直覺地認爲，再也無法隱瞞下去了。蘆原遭到逮捕後，他幾乎已經不抱希望了。

然而他既不匆忙，也不害怕，因爲很久以前他就知道，這一天遲早會來臨。所以他用和平時相同的口吻，吩咐紀美子把客人帶去客廳。

中條整裝梳理後來到客廳，兩名刑警同時站了起來，爲突然不請自來向他道歉。中條認識名叫上原的刑警，但不認識另一個人。那個人俐落地遞上名片，中條才知道他是搜查一課的刑警，名叫高間。

「因爲有很重要的事，所以上門打擾。」

高間以嚴肅的口吻開場，從他臉上的表情，中條知道自己沒有猜錯。

敲門聲響起後，紀美子端著茶走進來，雖然刑警上門令她有點擔心，但不能讓她坐下來一起聽。

「妳出去吧。」

聽到中條這麼說，她有點不滿，還是點點頭走了出去。雖然她是前董事長的千金，但並沒有千金大小姐的脾氣，反而一切以中條爲重。

「可以了嗎？」

聽到紀美子的腳步聲遠去，高間問。「請說吧。」中條回答。

高間深深吸一口氣，盯著中條的眼睛問：

「須田武志……您認識這個少年吧？」

中條沉默，他不知道該怎麼回答。

「那是想要綁架您的人，不是嗎？」

「我之前說，」中條開口，聲音有點沙啞。「是一個肥胖的中年男子。」

「我知道，」高間冷靜地說，他的眼神充滿自信。「但那是您在說謊，其實是身體結實的年輕人——是須田武志。」

然後，他又繼續說道：

「而且，他是您兒子。」

沉默了數秒，中條看著高間，高間也看著他，日光燈「嗡嗡」的聲音聽起來格外大聲。

「蘆原的共犯是須田武志，他是唯一的可能，您卻說歹徒是肥胖的中年男子。這一點讓我們傷透了腦筋，但如果是您在說謊，這個矛盾就可以輕易解決，問題是您爲何要說謊？」

高間一口氣說完後，看向中條，觀察他的反應。中條移開目光，低頭看著桌子。

「在此之前，還有一個疑問，」高間說道：「須田武志爲什麼寄恐嚇信給您，把您找出去？他的目的顯然不是爲了錢，而是基於私人理由想要見您，您試圖隱瞞這件事。我不禁想到一個大膽的假設，而且還想起您在東西電機的公司簡介上那張照片。」

中條抬起頭，高間正視著他的臉，靜靜地說：

「須田武志和您很像。我對這個大膽的假設很有自信，所以不好意思，我們調查了您的經歷，最後發現昭和二十年（一九四五年）左右，您曾經和須田武志的親生母親明代住在同一個地區。」

高間說完停頓了下來，也許在等待中條的反駁，但中條沒有開口。

「請您回答，」高間說，「用恐嚇信的方式和您見面的是不是須田武志？」

中條抱著雙臂，緩緩地閉上眼睛，好幾個影像掠過他的眼前。

「我有一個條件。」他閉著眼睛說。

「我們絕對不會對外透露。」高間似乎看透了他的心思，立刻接話，「我們會嚴格保守秘密，當然也不會對您太太說。」

中條點點頭。雖然他點著頭，但很清楚這個世界上不可能有永遠的秘密，所以，他打算找時間主動告訴妻子紀美子，只要在此之前保守秘密就好。

中條深深地嘆了一口氣，回答說：

「你說得對，那天的確是那孩子找我出去，他也的確是我的兒子。」

「可不可以請您告訴我們詳情？」

「說來話長。」

「沒有問題。」

高間和上原兩人低頭拜託後，露出嚴肅的神情。中條再度閉上眼睛。

戰爭期間，中條在東西產業的島津工廠擔任廠長。工廠原本製造火車車廂零件，但在軍方命令下，改爲生產飛機零件。

戰爭結束後，島津市的工廠不再生產飛機零件，開始生產平底鍋和鍋子。中條被調往阿川市的總公司，成爲重振東西產業的成員之一。他在電器部門的領導者渡部茂夫手下工作，住處也從島津市搬到了阿川市。當時他三十七歲，沒有親戚，孤家寡人一個。

他在搬家之後，遇見了須田明代。

中條打算和她結婚，卻面臨一個棘手的問題。他的上司渡部很希望他可以成爲女兒紀美子的丈夫。紀美子當時二十八歲，之前結過婚，但她丈夫在戰爭中死了。

爲了日後著想，中條覺得眼下不適合張揚和明代之間的關係，免得影響渡部對自己的看法。而且渡部對他的照顧難以用筆墨形容，多虧了渡部的協助，他才能掌握電器的最新技術。於是，他決定暫時隱瞞和明代之間的關係。明代爲了他的前途，也答應配合。

沒想到不久之後，發生了意外狀況。明代懷孕了。她的哥哥再三追問是誰的孩子，她始終沒有鬆口。中條讓她搬去其他城市，因爲他認爲繼續住在原地，兩個人恐怕很難見面。

明代說想住在海邊，於是他們搬去了漁港旁。

中條和明代開始在新家共同生活，但其實中條每週只回家一次。他不能讓別人知道他過著雙重的生活。

孩子出生後，先入了明代的戶籍，成爲所謂的非婚生子女。當時，中條打算在適當時機讓孩子認祖歸宗。他們爲孩子取名爲武志，就是須田武志。雖然想到明代的哥哥有可能會調查她的戶籍，進而得知這件事，不過明代認爲這樣也無妨。

這種狀態持續了三年。

東西產業電器製造部獨立成爲東西電機有限公司，由渡部擔任第一代董事長，中條當然也和他一起進入了新公司。

成立一家新公司很辛苦。對中條來說，可能這輩子再也不會有機會挑起這樣的大樑，他成爲渡部的得力助手，負責所有的技術部門。中條整天忙於工作，連睡覺的時間都沒有，回明代身邊的次數當然就越來越少。於是他告訴明代，請她等待一年，等新公司穩定後，一定會回來接她，到時候就會生活在一起，在那一天之前，會按時寄生活費——

當時，中條無意欺騙明代。他眞的認爲一年的時間就足夠了。

沒想到遇到了煩惱的問題，渡部再度提出希望他娶紀美子。中條左右爲難，回想起來，渡部之所以特別照顧年紀很輕的自己，一定是早就把自己當成未來的女婿看待。

他找不到適當的理由拒絕渡部的要求，應該說是找不到巧妙的謊言。他沒有明確拒絕，渡部認爲他答應了。

於是，中條和渡部紀美子結了婚，和明代約定的一年也過去了。

一定要去見明代，當面向她道歉——他這麼想，但要付諸行動時，卻又退縮了。到底該如何道歉？而且，他最淸楚，這不是道歉能夠解決的問題。

也許不久之後，明代就會找來公司，到時候該怎麼向她解釋？想到這裡，他的心情就格外沉重。

但他直到最後，都沒有見到明代，也不知道明代有沒有來公司找他。卽使一個陌生女人說要來見董事長，警衛應該也會把她趕走。

漫長的歲月過去了，但他從來沒有忘記明代，也日夜牽掛著兒子。他和紀美子膝下沒有一男半女，所以更想念自己的親生孩子。

幾年後，他曾經去打聽明代他們的下落，但那時他們已經離開了漁村。他無能爲力，那是他自己選擇的路。

「您看過高中棒球嗎？」

高間問。

「我經常看。知道開陽高中代表本縣進入甲子園，也知道投手姓須田，但沒想到那孩子就是武志……在看電視時，我眞的作夢都沒有想到。」

「所以你是什麼時候知道的？」

「嗯，」中條健一點了點頭。「第一次見到他的時候。」

接到恐嚇信，前往指定地點之前，中條以爲是炸彈案的歹徒恐嚇。不，應該說，在咖啡店接到電話時，他仍然這麼認爲，但第二次在紅色公用電話聽到對方的聲音時，他的心臟差一點停止跳動。

「你是中條健一先生嗎？」對方問。

「你是誰？」

中條問，對方沉默片刻，接著以鎮定的聲音回答：

「我是須田武志。」

這次輪到中條陷入沉默。應該說，他說不出話。他全身冒汗、身體不住顫抖。

「武……志？怎麼可能……」

他連聲音也顫抖起來。對方似乎很享受他這種反應，停頓了一下後說：

「現在就按照我說的話去做。首先，把裝了錢的皮包放在公車站旁，你走進身後的書店。書店有後門，立刻從後門離開。離開書店後往左走，經過平交道。有前往眞仙寺的公車等在那裡，你在終點下車，知道了嗎？」

對方說完立刻掛上了電話，沒有叮嚀「不許報警」，可能知道沒這個必要。

中條按照指示坐上公車。跟監的刑警只注意皮包，根本沒有想到他會失蹤，所以沒有人跟在後面。

公車很擁擠，但只有幾個人坐到終點，其中並沒有像武志的人。

在眞仙寺下車後，中條四處張望。通往眞仙寺的路是個陡坡，兩側是茂密的松樹林，眞仙寺的屋頂出現在公車站的對面，寺廟前是一片墓地。空氣陰陰涼涼，中條感覺有點冷。

雖然對方要求他在終點下車，卻沒有進一步的指示。無奈之下，他只能站在原地等待。幾名司機聚集在公車終點站內，不時露出狐疑的眼神看著中條。

不一會兒，坡道下方有一個年輕人跑來。他身穿運動衣褲，戴著棒球帽。中條看著那個年輕人，心想原來還有人在這裡跑步，沒想到年輕人在中條面前停了下來。

「我是不是來晚了？」他抬起頭。

「你是……」

這時，中條才知道在甲子園比賽的須田就是武志。他太驚訝了，不知該說什麼，也不知道該露出怎樣的表情。

「不必打招呼了，」武志冷冷地說，「走吧。」

「走去哪裡？」

「跟我來就知道了。」

武志過了馬路，走進松林中的小徑。中條緊跟在後。

武志不發一語地走著，他健步如飛，中條好不容易才能跟上他的腳步，但一言不發也令他感到痛苦。

「你是從哪裡來的？」他問，「我看你從坡道下方跑上來。」

「前面四個車站，」武志輕鬆地回答，「我和你搭同一輛公車，只是你沒發現我。」

「你從那裡跑過來的嗎？」

中條回想起那段距離和陡坡。

「沒什麼好驚訝的。」

武志仍然一臉淡然地說。

中條看著武志大步往前走的背影，陷入一種奇妙的感慨。武志長這麼大了，原本以爲這輩子再也見不到的兒子，如今卻出現在眼前。他很想跑上去緊緊抱著他，卻無法這麼做。因爲武志的背影散發出的某種東西阻止了他。

「炸彈是你放的嗎？」

中條問他，試圖擺脫沉重感。

「對啊。」武志回答時沒有停下腳步。「有人痛恨你的公司，我只是受他之託。他並不知道今天的事，全是我一個人的主意。」

「爲什麼用恐嚇信？只要寫一封信給我，我就會來看你。」

武志突然停下腳步，回頭看著中條，臉頰的肌肉扭曲著。

「我怎麼可能相信你？」

說完，又繼續邁開步伐。中條好像吞了鉛塊般心情沉重，繼續跟在武志身後。

武志走進了墓地。他似乎很熟悉周圍的情況，中條漸漸知道武志打算帶他去哪裡。

武志在墓地深處停下腳步。那裡豎了一塊木製小墓碑。中條也跟著停了下來，低頭看著墓。

「這是……」

中條知道自己並沒有猜錯。

雖然沒有特別的根據，但他很久之前就隱約感覺到，明代已經不在人世。

「旁邊是我爸爸。」

明代的墳墓旁還有一座墓，武志指著那裡說道。

「爸爸……明代改嫁了嗎？」

中條似乎稍稍鬆了一口氣。

「開什麼玩笑？」武志不以爲然地說，「須田正樹是明代的哥哥，我爸爸收留了我們母子兩人，收留了生病的媽媽和我。」

「……原來是這樣。」

「爸爸收留我們後不久，媽媽就死了。」

「她生了什麼病?」

「和生病沒有關係。她是自殺,割腕自殺。」

中條一陣心痛,冷汗直流,呼吸急促。連站著也變成一種痛苦,他雙腿一軟,跪在地上。

「媽媽留給我一個用竹片做的人偶、竹編工藝的道具和一個小護身符。我上中學時,在護身符裡找到一張紙,上面寫著我的父親是東西電機的中條。你知道嗎?她知道你背叛了她,娶了別的女人,但是她沒有向任何人提起你的名字,因爲她不想造成你的困擾。」

中條垂下頭,無言以對。好不容易才擠出一句:「對不起。」聲音極度沙啞。

「對不……起?」

武志走到中條面前,一把抓住他西裝的衣襟。他力大無比,中條被武志拖著,踉踉蹌蹌地來到明代的墓前。

「你在說什麼?事到如今,說這些話還有什麼用?」

武志一把鬆開了中條,中條跌坐在碎石路上。

「我告訴你,我對我媽記憶最深刻的事,就是她牽著我的手去車站。她相信和你的約定,一直在等你回來。她總是對我說,你爸爸星期六就要回來了,每個星期六,她每都帶我去車站等待。從傍晚一直等到末班車的時間。無論颳風下雨、春夏秋冬,個星期都去。你知道我們等你等了多久嗎？」

中條跪坐在地上，雙手在腿上緊緊握拳，他甚至覺得武志可能會殺了他。

「我之前就打算要帶你來這裡。」武志的語氣稍微平靜下來。「她一直在等你，我終於完成了她的心願。」

武志走到中條的身後，用力推著他的背說：「你可以拚命道歉，其實我希望你在這裡道歉到死。」

中條在墓前合起雙手，後悔和罪惡感如洪水般襲來。他知道自己有多麼罪孽深重。在這裡道歉到死——如果可以，他也希望這麼做。

「我再告訴你，你並不是只有折磨她一個人。」武志站在中條的身後說：「收留我們的爸爸，直到死前那一刻都在辛苦工作。不，最辛苦的是現在的老媽，她爲了非親非故的你，毀了一輩子。」

「有沒有……我能夠幫上忙的地方？」

「現在已經太遲了。」

武志冷冷地說。

「我知道已經來不及了，但這樣我於心不安。」

「我才不管你安不安心，也不打算就這樣讓你輕易地放下心理負擔。」

「……」

「不過，」武志說，「我並不是沒有要求。」

中條抬起頭，「你儘管說。」

「首先，從今以後，請你忘了我們。沒有女人被你拋棄，你當然也沒有私生子，須田武志和你沒有任何關係。」

「但是……」

「不要和我爭辯，你沒有權利提任何要求，對吧？」

中條閉了嘴，他說得沒錯。

「還有一件事是關於錢，我要求償金。」

「多少錢？」

「十萬圓。」

「十萬圓？」中條向他確認。「錢的事好處理，要多少錢都沒關係。」

「十萬圓就夠了。對我們來說這已經是一大筆錢了。」

武志用鞋尖踢了兩、三次石子路。「你把十萬圓拿給我媽，不管用什麼方法都可以，但不要牽扯到你的名字。自己去想一個能夠讓我老媽接受的方法。」

「不能拿給你嗎？」中條問。

「我拿了這麼大一筆錢，要怎麼交給老媽？難道說是撿到的？」

「……也對，我瞭解了，會按你說的去做。還有其他的要求嗎？」

「沒有了，就這樣而已。你可以繼續當你的優秀董事長和好老公。」

說完，武志就轉身沿著來路離開了。「等一下。」中條慌忙大叫。

「我們……不能再見面了嗎？」他問。

武志頭也不回地回答：

「不是已經約定好了嗎？我們和你沒有任何關係。既然沒有任何關係，爲什麼要見面？」

「……」

「順便說一聲，今天也是你最後一次來這裡，因爲有陌生人來掃墓很奇怪。沒問題吧？就這樣一言爲定！你之前已經毀約過一次，這一次無論如何都要遵守約定！」

然後，他再度邁開步伐。中條叫了一聲「武志」，但他沒有停下腳步，踩在碎石子路上的腳步聲越來越遠。

6

說完之後，中條仍然淚流不已。他自己也不知道爲什麼流淚。

「兩天後，就得知他被人殺害了。我太驚訝了，無法相信。因爲我下定決心，即使無法和他見面，也要在暗中守護他。」

他最關心武志的死是否和他有關?他思考著武志爲什麼臨死之前來找他。

「他來見您，是因爲他知道自己會死。」高間說。

「所以，武志明知道自己會被殺害，仍然決定和兇手見面，所以在此之前來見我嗎?」

高間想了一下，最後用力點了點頭。「就是這樣。」

「爲什麼……?」

「因爲情況很複雜，」高間說，「非常複雜，目前還無法告訴您。」

「你們知道誰是兇手嗎?」

高間的眼睛不自然地閃爍了一下，隨即點點頭。

「對，知道。」

「是嗎?」

中條思考著自己該做什麼。他希望爲武志做點事，卻想不到該做什麼。他不知道高間說的「複雜的情況」到底是怎麼回事。這代表武志就生活在那樣的世界。

「是嗎?那希望你們早日把兇手逮捕歸案……也希望你們盡快聯絡我。」

他好不容易才說出這句話。

「葬禮的那天晚上，去須田家的神秘男子就是您吧?」高間問。

「對。」中條回答，「雖然和武志約定十萬圓……」

「須田家需要十萬圓，是因爲債務的關係。」

高間告訴他。

兩名刑警準備離去時，中條突然想起了什麼，便叫住了他們，接著走去書房，手上拿了一樣東西過來。

「這是我和明代一起生活時的照片，希望可以提供給你們做爲參考。」

中條把照片交給高間。照片上的明代和中條都在做竹片編織，躺在他們身後的嬰兒就是武志。

「嗯。」

高間和上原露出好奇的表情看著照片，中條以爲並沒有參考價值時，高間突然「啊！」地叫了起來。

「怎麼了？」上原問高間。高間指著照片說：「你看這裡。」上原也露出詫異的表情。

「這張照片怎麼了？」

中條不安起來，以爲自己交出了什麼棘手的問題。

高間沒有回答他的問題，反而問他：

「可以借一下這張照片嗎？」

「當然沒問題。」中條回答。

「那就先保管在我們這裡。」

兩名刑警起身後，快步走向玄關，中條仍舊摸不著頭緒。

「這張照片有參考價值嗎？」他又問了一次，高間回望著他的臉說：「對，應該吧。」

「是嗎？那就太好了。」

「中條先生，」高間露出凝重的表情，然後說：「您的罪孽真的很深重。」

當中條整個人宛如凍結般呆立在原地時，兩名刑警離開了。

右臂

マキュウ

1

「中條董事長已經承認，恐嚇信是須田武志寫的。」

蘆原被帶進偵訊室，剛在兩名刑警對面坐下，高間馬上告訴他。蘆原仔細打量著他的臉，終於開了口。

「是他……果然是他幹的嗎？」

「你不知道嗎？」上原問。

蘆原點頭。他眞的不知道。

「情況有點複雜，」高間說，「先不談這些。事到如今，你總該老實交代你和武志之間的關係了吧？我們已經知道武志是你的同夥。」

兩名刑警看著蘆原。他雙肘放在桌上，雙手交握，把額頭放在手上。

「其實，」他開口，「我不想把他扯進來，所以聲稱是我一個人幹的，即使他死了，我也不願把他扯進來。」

然後，蘆原又輕聲補了一句：「他是好人。」

「要不要先抽一支菸？」

上原遞上菸，蘆原默默地抽出一支。

蘆原正在看少棒隊跑步時，背後突然有人叫他。蘆原回頭一看，一個穿著褪色運動服和防風衣，把棒球帽壓得低低的年輕人站在擋球網後方。蘆原發現他從兩、三天前開始，不時會出現在這個運動場。領隊八木告訴他，這個年輕人是開陽高中的須田武志，但他們沒有直接聊過天。

「你是東西電機的蘆原先生吧？」

武志走過來時再度問道。蘆原露出不耐煩的表情。如果是熟人也就罷了，他不喜歡非親非故的人和他提起以前的事。

「是啊。」

「我是開陽的須田。」

「我知道，那又怎麼樣呢？」

蘆原儘可能用拒人千里的態度說道，但武志不以爲意，把頭湊到擋球網前，用好像在聊天般的口吻問：

「蘆原先生，那個球現在怎麼樣了？」

「那個球？」

武志輕輕做出投球的動作說：「飄飄落地的球。」

「莫名其妙。」

蘆原將頭轉回運動場，他不想讓那個球的事變成如此輕浮的話題。

「你記得我之前去參觀過東西電機練球嗎?你當時在投球練習所。」

「我記得。領隊樂翻了天，說會有一個很厲害的進來，結果你放了他們鴿子。」

「這算是放鴿子嗎?」武志笑了起來。「也許吧，當時我對東西電機這家公司有點興趣，所以就拜託學長帶我參觀。棒球隊只是順便而已。」

「哼，」蘆原用鼻子出氣。「眞對不起啊，只是順便。」

「但看到你的球是很大的收穫，」武志說：「我有一項特技，看到好球就不會忘記。之後我去看了東西電機的幾場比賽，也見識到你的球技，只是很可惜你突然離開了。」

「你看我的腳就知道了。」蘆原用枴杖咚咚敲著地板。「全完了。現在只能靠教小孩子棒球滿足自己的棒球夢。」

他微微轉頭看著武志，「所以，別來打擾我。」

「我無意打擾，只想向你學那個球。」

「我早就忘了。」

「若你把那個球藏在心裡就太可惜了，只有教我學會那個球，才能發揮它的價值。」

「你眞有自信。」

「有嗎?」

「你的實力已經夠了，天才須田向業餘棒球的淘汰者討教，難道不覺得很丟人現眼嗎？」

「我向來不在意面子問題。」

「是喔。」

蘆原沒有理會他，走向已經跑完步的少年。八木也走了過來，兩個人一起指導少棒球員守備練習。須田武志在擋球網後站了一會兒，便跑開了。

之後，武志不時出現。由於他之前也是這個少棒隊的球員，所以也不能阻止他來這裡。武志有時候也會指點那些孩子，孩子們當然都認識他，都很聽他的話。

「來多少次都是白費工夫。」

只剩下兩個人時，蘆原對武志說：「至今爲止，我從來沒有教過別人怎麼投那個球，以後也不打算教，不管是天才須田或是天皇陛下都一樣。」

武志什麼都沒說，嘴角露出不以爲意的笑容。

蘆原決定不理他，只要不理他，他就沒戲唱了。

直到那天，蘆原遭遇了一件事。他突然被解除了教練的職務。

八木雖然找了各種理由向他解釋，但蘆原知道眞相。以前陷害蘆原的安全調查部長西脇也是少棒隊球員的家長之一，也是逼迫蘆原離開的主謀。

逐漸遺忘的憎恨再度甦醒。

——西脇毀了我的人生……如今，他還要奪走我最後的人生意義……

蘆原無處宣洩內心湧起的憤怒，他借酒消愁，不斷回想著對西脇的恨意。乾脆不去上班，喝了一整天的悶酒。

那陣子他整天悶悶不樂，有一天，武志造訪公寓。

「聽說你被開除了？」

武志故意哪壺不開提哪壺，蘆原火冒三丈，拿起旁邊的杯子丟了過去。玻璃杯打到玄關的樑柱，砸得粉碎。

「和你沒有關係。」

因爲醉酒的關係，蘆原舌頭有點打結。

「那個領隊腦筋不清楚，居然會開除你。」

蘆原嘔吐起來。

「和領隊沒有關係，是一個叫西脇的傢伙，他要把我整到怎樣才願意罷手……」

說到這裡，蘆原住了口。他原本並不打算告訴別人。

但是，武志看著他說：

「聽起來好像很有意思。」他擅自走了進來。「你和西脇有什麼過節嗎？」

如果在平時，蘆原根本不會理會武志，但那時候他希望有人聽自己訴苦，加上酒精作祟，說出西脇的名字後，醉意越來越深。

蘆原把自己被迫離開公司的原委，以及可恨的安全調查部部長正是西脇的事統統告訴了武志。

「你居然就這樣乖乖地離開公司，難道不能告他們嗎？」武志問。

「我沒有證據，證人都被他們收買了，卽使我一個人再怎麼吵也沒有用。」

蘆原拿起一升的大酒瓶直接往嘴裡倒，卻不小心嗆到了。他一邊咳嗽一邊說：「但是，我……也在考慮報仇。」

「報仇？」

「對，大幹一票。」

蘆原打開房間角落的其中一個紙箱給武志看，武志的表情頓時嚴肅起來。

「這些可都是眞傢伙。」蘆原說，「我原本打算綁在身上衝進公司，當人肉炸彈。但最後還是作罷了，爲那種傢伙去送死太不値得了。」

武志拿出一根炸藥，好奇地打量著。蘆原漸漸覺得向他坦承一切很愚蠢，這種事果然不應該告訴別人。

「很無聊吧，你就當我沒說。」

蘆原準備整理紙箱時，武志淡淡地說：

「這次也要放棄嗎？」

蘆原看著他的臉，「你說什麼？」

「人肉炸彈啊，」武志說：「你不幹嗎？」

「你想要叫我去做嗎？」
「不是這個意思。但如果什麼都不做，你的心情有辦法平靜下來嗎？」
蘆原拿過酒瓶，仰起脖子喝了一大口，擦了擦嘴巴瞪著武志。
「你要我怎麼做？」
「我並沒有要你怎麼做。」
武志探頭看著紙箱，又將視線移到蘆原身上。「只是既然有這些道具，不好好利用太可惜了。比方說……要不要放在他們公司？」
「去他們公司放炸彈？」
蘆原抬眼掃視著四周，他之前完全沒有想到這個方法，但隨即回過神，慌忙搖頭。
「不行，不行！你別胡說八道。」
「不願意的話就算了。」
武志很乾脆地蓋上了紙箱的蓋子，從長褲口袋裡拿出手帕，擤完鼻涕後，再度放回了口袋。
其實蘆原有點心動。他不想沒有報仇，就這樣不了了之，但人肉炸彈的方式當然行不通，武志的提議的確是妙計。
「但是……放炸彈並不容易。」蘆原終於開了口，「外人進入公司時，檢查很嚴格，而且我的腿又不方便，很容易引起懷疑。」

「所以啊，」武志說，「我會幫你。由我去放炸彈，覺得如何？」

蘆原看著他的臉，武志撇著嘴。

「有交換條件吧？」蘆原問。

武志點頭，「對，有交換條件。」

交換條件就是蘆原要教他投那個變化球。

「我搞不懂，」蘆原說，「你願意爲了這種事協助犯罪嗎？」

「我也有苦衷。」武志用手指搓了搓鼻子下方。「而且我很同情你，沒騙你。」

蘆原咬緊牙關，緩緩地吐了一口氣。

「好，但我有一件事要先聲明，我沒辦法保證能不能教會你那個球。」

武志偏著頭問：「什麼意思？」

「因爲我自己也沒有完全掌握那個球的投法。」

蘆原說著，在武志面前攤開右手。

看著蘆原攤開的手掌，高間和上原露出不明就裡的表情。他用左手食指指著右手中指說：

「這個手指旁不是有一個小傷痕嗎？我在東西電機工廠時，曾經被切削機割傷。一旦被安全調查部的人發現就會遭到處分，所以自己偷偷去看了醫生。」

他注視著右手，彎曲、伸展了指尖。「我就是在手指受傷後，開始投出這種與衆不同的球。原本打算投直球，但指尖突然又痛又麻，這樣投出去時，似乎就會產生變化，就連捕手也接不到球。捕手說，這個球是怎麼回事？絕對可以發揮威力。對我來說，那只是偶然的產物，無法自在地投出這種球。因爲我不知道指尖什麼時候會疼痛。之後我開始有意識地投這種球，但在突發性疼痛出現時投出的球變化度更驚人，在投球的那一剎那，中指會變得僵硬，只是我無法正確掌握僵硬的程度。」

蘆原突然輕聲笑了起來。「回想起來，眞的是魔球。因爲不知道它什麼時候出現、什麼時候消失，和我的意志無關。我認爲這是上天心血來潮送給我的禮物。上天想要給沒有什麼才華，卻全心全意投入棒球的男人嘗點甜頭，所以送了這個禮物。」

「那你是怎麼教武志的？」高間問。

「只能在不斷嘗試中摸索，因爲連我自己都沒有完全掌握。」

「武志同意嗎？」

「他不同意也沒辦法。」蘆原回答。

正如蘆原對高間所說的，在傳授時，只能不斷嘗試、不斷摸索。武志從學校放學後，在石崎神社內持續摸索、練習。不只武志努力學，蘆原也拚命教。一方面是被武志的熱情所影響，只要想到可能是最後一次做和棒球有關的事，他就忍不住全心投入。

但是，他無法重現「魔球」。蘆原也回想著以往的感覺投球，卻沒有發生任何奇蹟。白球直線前進，直直落下，彷彿以前的事只是一場夢。

蘆原也是在那個時候遇見了北岡明。那天他陪武志練習結束，在回自己公寓的途中，被北岡叫住了。

北岡自我介紹後，問他爲什麼和須田一起練球。因爲北岡有事去武志家找他，得知他在神社後跑去一看，發現他們兩個人在秘密練球。

蘆原只好對北岡說出了實情，但當然隱瞞了爆炸計畫的事，只告訴北岡，他們正在練自己以前投過的變化球。

「如果是這種事，他應該告訴我。」

北岡有點落寞。

「他好像打算學會變化球後再告訴你，因爲接那個球也不容易，捕手也要接受特別訓練。」

「有那麼厲害嗎？」北岡似乎很驚訝。

「因爲是魔球啊。」蘆原故意嚇他。

「魔球喔……」

「但要先學會才行。」

「什麼時候可以學會？」北岡問。

「不知道，可能永遠都學不會。」

蘆原補充，他不是在開玩笑。然後，要求北岡不要告訴武志，他們曾經聊過這些話。因爲他們約定，在「魔球」完成之前不告訴任何人。

日子一天一天過去，某個星期五，武志出現在蘆原的公寓。

「我做了這個。」武志在蘆原面前攤開一張紙，那張包裝紙的背面畫了某種設計圖。

「這是什麼？」

蘆原看著圖問。他只看到四方形的箱子中放了彈簧。

「簡單的定時點火裝置。」武志若無其事地說。

「點火裝置？」

蘆原驚訝地看著設計圖。雖然是用手畫的，但上面寫了詳細的尺寸。武志指著圖紙向他說明。

「從這個部分把電線拉出來連結乾電池，然後在這個空間放乾冰，等時間一到，乾冰就會昇華殆盡，自動打開開關──就是這樣的構造。」

「原來如此。」蘆原說完，用力吞著口水。

「只要你按這張圖做好定時炸彈，之後的事全都交給我來處理。」

「你什麼時候要用？」

蘆原問了武志計畫執行的日子，武志不假思索地回答：「三天後。」

三天後，蘆原一大清早就心神不寧，他關在自己房間聽收音機。武志沒有告訴他關於計畫的任何事。蘆原告訴他什麼時候放置、要把炸彈放在哪裡，但什麼時候爆炸，由武志決定，而武志卻隻字未提，只說交給他處理就好。

蘆原無心做任何事，只能等待收音機播報這條新聞。在等待時，他清楚地發現自己內心漸漸產生了罪惡感。他無法估計那麼多炸藥一旦爆炸，會造成多少人的傷亡？會有多少人送命？更擔心可能會波及和他完全無關的人。

一看時鐘才發現快中午了，蘆原覺得時間應該差不多了。爆炸時間取決武志買了多大的乾冰，但這才想起，武志沒有告訴他要去哪裡買乾冰。

時間在忐忑不安中一分一秒地過去，蘆原心跳不已，手上的汗擦了一次又一次，仍然不停地流。

但是，他沒有聽到東西電機爆炸的消息，直到晚上才從新聞中聽到，有人在東西電機放置了不會爆炸的炸彈。

「這是怎麼回事？」

翌日武志上門時，蘆原質問他，但武志若無其事地說：

「我只說會幫你放炸彈，但從來沒有說過要引爆。」

「……你騙了我，一開始就打算騙我。」

「我不是在騙你，只是想要滿足你的報復心。你昨天的心情怎麼樣？」

「……」

「是不是感到後悔？是不是覺得不應該聽我的慫恿？是不是想到有人因爲自己而送命，覺得很害怕？一旦有這種念頭，你的復仇也完蛋了。」

蘆原咬著嘴唇瞪著武志，雖然很懊惱，但武志說得沒錯。他雖然爲自己被武志要了感到生氣，但這樣的結果也的確令他鬆了一口氣。

「所以，」武志說，「趕快忘記不愉快的事，專心教我投球就好。等我進入職棒，拿到一筆簽約金後，會好好酬謝你的。」

說完，他露齒一笑。

「告訴我一件事，」蘆原說，「既然你一開始就打算這麼做，爲什麼眞的去放炸彈？如果只是爲了和我談條件，只要假裝去放炸彈就好。」

「剛才不是說了嗎？」武志說，「因爲和你約定好要放置炸彈，我向來遵守約定。」

之後，他們繼續展開特別訓練，卻仍然沒有進展。選拔賽結束後，武志又來找他，說要暫時停止和蘆原一起練球，他打算和北岡一起特訓。

「北岡想和我一起練球，所以我就答應了。他好像知道我和你一起練球的事，似乎之前偶然在神社看到了。」

「是嗎？」蘆原點點頭。「或許換一個人，練習會比較順利。」

「我可能改天還會再來拜託你。」
「隨時歡迎。」
「謝謝你。」武志說。
「彼此彼此啦。」

「這就是我最後一次見到他。」
蘆原雙臂抱胸，重重地嘆了一口氣。「回想起來，他這個人很有趣。」
高間轉動著手上的原子筆，然後，用筆尖指著蘆原。
「你有沒有看選拔賽？就是開陽高中的那場比賽？」
「我沒看，但從廣播中聽到了。是不是須田投出不像是他風格的再見暴投那一場？」
「你對那個暴投有什麼看法？不認爲那就是你的變化球嗎？」
「那個喔……」蘆原偏著頭說：「因爲我沒有親眼看到，所以沒辦法評論，但若果眞如此，就代表他在緊要關頭完成了魔球。不過在那個局面下，他會冒這種險嗎？」
「那天，北岡寫下『我看到了魔球』幾個字。至少在他眼中，最後的暴投就是你和武志練習的『魔球』，所以才提出陪武志一起練習吧？」
「也許吧。」
蘆原不禁想道，在那個緊要關頭試投新的變化球，的確很像是須田會做的事。

「好……」高間站起來後，又重新坐回椅子上，看著蘆原開了口，「魔球的事已經知道了，炸彈案也搞清楚了，但你有一件事說了謊。不，也不能說是你在說謊，只能說是隱瞞。你花了很長時間告訴我們的這些事，只是在這個最大的秘密周圍繞圈子，你刻意避開了這個部分，難道不是嗎？」

高間說完之後，偵訊室陷入一種詭譎的沉默中，只有充滿塵埃的空氣緩緩地在地板上流動。

「我隱約知道你爲什麼要隱瞞，也充分理解你的心情。但是，你不能避而不談，」高間又靜靜地說：「關於武志右臂的事。」

2

田島恭平停下寫功課的手眺望窗外。窗外的電線桿上有好幾條電線，後方是月亮和星星，有幾片雲擋在月亮前。

他的眼前浮現出須田武志的臉。也許是想到明天要社團練習的關係。想到棒球的事，田島就感到頭痛。往日的回憶似乎突然褪了色，自己之前都在幹什麼？

老實說，田島已經沒有勇氣再握球了。自從得知那件事後，他就不想再握球了。

他是在之前紅白戰時發現了這件事。在和隊友爭執時，直井一句不經意的話提醒了他。

沒有了須田的右臂，就什麼都不剩了——

雖然他是說「開陽什麼都不剩了」，但田島考慮到了其他事。對須田本身來說，一旦他失去了右臂，等於失去了一切。

他的這種想法是有根據的。首先，名叫高間的刑警暗示須田正在密集地練習變化球。須田投了那麼多快速球，從來不依靠變化球，爲什麼突然開始練變化球？是不是發生了什麼，讓他感受到自己的球威有限？

其次，北岡向圖書館借的那兩本書的書名似乎也證實了這一點。那兩本書都是關於運動障礙的內容。田島去圖書館找了類似的書。《運動與身體》、《運動外傷》、《運動障礙對策》——他發現最近北岡曾經借過所有這些書，他顯然在調查運動障礙的問題，到底是怎麼回事？

莫非須田的右臂或是右肩出了問題？——這是田島得出的結論。再仔細想一下，就覺得合情合理。比方在北岡死後的某一天，三年級的社團成員聚在一起開會，當時澤本說了一件事。北岡在安排訓練比賽時，曾經打算讓田島和澤本搭檔，做爲先發投手。雖然澤本以爲北岡這麼說是在嘲笑他，爲此感到憤慨，但也許北岡並非在開玩笑，而是出於眞心？會不會是北岡爲了減輕須田的負擔，所以打算這麼安排？

多年來都是一個人投完整場的須田在緊要關頭面臨了悲慘的命運，爲了克服這種不足，他試圖學會「魔球」做爲自己手上的王牌。

悲傷再度向田島襲來，那是他難以瞭解的傷痛。他和須田並沒有特別要好，事實上，田島甚至不瞭解須田的死，究竟爲他帶來多大的悲傷，但此刻的哀痛卻如此眞實。

田島把自己的推論告訴了刑警高間，勇樹也在一旁陪同。刑警和勇樹認眞地聽他說到最後，刑警不時點頭，發出感嘆的聲音，但勇樹自始至終不發一語。

田島不知道自己告訴刑警的話是否正確，至今仍然不知道。

可是，田島還有一件事沒有告訴刑警，因爲那個推理沒有任何眞憑實據，所以他無法說出口。

但是——田島心想。

但是，那個刑警應該已經注意到了。因爲在道別時，刑警的眼神很哀傷。

3

前往手塚麻衣子家的途中，高間一直在思考該怎麼開口。必須設法突破她的心防，讓她說出實話，但他想不到有什麼好方法。

今天早上他聯絡了開陽高中，沒想到麻衣子仍然請假。他想找森川瞭解麻衣子的情況，結果森川也請假了。

「聽說手塚老師今天要去長野的親戚家，會在那裡住上一段時間，森川老師可能去送她了。」

接電話的事務員很多嘴，但也因此向高間透露了重要的消息。於是，他和小野兩人急急趕往麻衣子的家。

來到麻衣子家門前，高間輕輕敲了敲門。裡面有人輕聲應了一聲打開門，麻衣子探出白皙的臉來張望。她一看到高間，立刻張大了嘴巴。她臉上已經化好妝，可能正打算出門。

「我有幾句話想要問妳，可以嗎？」

「呃，這個……」

她似乎很在意屋內的情況，高間敏銳地察覺到了。

「森川也在嗎？我們並不介意他也在。」

她又看了一眼屋內，關閉的紙拉門打開了，森川探出頭。

「果然是你？」他露出苦笑。「又有事要找她嗎？」

「一點小事，」高間說，「可以打擾一下子嗎？」

「沒關係，對吧？」

森川說服麻衣子。麻衣子低頭不語，隨後小聲地說：「請進。」

房間內整理得很乾淨。矮桌還留著，但高間之前來這裡時看到的書桌和櫃子都不見了。麻衣子說，已經賣給二手店了。房間角落有一個大行李袋和一個小型運動袋放在一起。

「聽說妳打算去長野。」

高間問。正襟危坐的麻衣子點點頭。

「我正試著最後一次說服她。」

森川抽了一口菸，把菸灰彈進孤零零地放在矮桌上的菸灰缸裡。「我特地向學校請假，希望她不要走。」

麻衣子依然沉默。

「爲什麼要走？」高間問。

她在腿上搓著雙手，輕聲地說：「我累了。」

「累了？因爲工作嗎？」

「……在很多方面。」

「聽說妳和森川的事在學校傳得沸沸揚揚，還引起一點麻煩，是因爲這個原因嗎？」

「那種事不必理會啦，」森川吐了一口煙，氣鼓鼓地說：「老師也會談戀愛，我們可以表現得落落大方，反正只要過一段時間，大家就會失去興趣。」

「不是你想的那樣！」

麻衣子突然大聲叫了起來，森川驚訝地叼著菸，注視著她。高間也嚇了一跳，忍不住坐直了身體。

她似乎爲自己大聲說話感到不好意思，雙手摸著臉頰，然後用壓抑的聲音重複了一遍：「不是你想的那樣。」

「那到底是怎麼樣？」

森川不耐煩地問，在菸灰缸裡捺熄了菸。

「我說了……我要好好想一下。」

麻衣子雙手摸著臉低語。她的眼眶和耳朵周圍都泛紅了，因爲皮膚特別白皙，所以很明顯。

「我要好好想一想教師的職責，還有教育的問題……像現在這樣，我根本無法站上講台。」

「爲什麼突然這麼說？是不是發生了什麼事？」

「這……」

麻衣子放下手，在腿上握緊拳頭，似乎在說，我不能告訴你們。

高間覺得應該可以突破她的心防，她此刻的心情很激動。

「那可不可以先回答我們的問題？」

聽到高間的聲音，她抬起頭。正當他打算再度開口時，房間角落的電話響了。
麻衣子起身去接了電話。高間暗自懊惱，錯過了一個絕佳的機會。
「高間先生，找你的。」
她按住話筒回頭說道。是搜查總部打來的，高間接過電話。
電話彼端傳來本橋的聲音。
「須田勇樹被送去醫院了。」
「什麼？怎麼會？」
「是眞的。他在上學途中遭到攻擊，幸好只有左臂受傷，不會危及性命。」
「本橋先生，這恐怕……」
「嗯，我相信應該如你所說的。目前正在現場附近徹底調查——你那裡的情況怎麼樣？」
「才正要開始。」
「是嗎？那等你那裡結束後再過來就好。」
「我相信不會有問題的。」
掛斷電話後，高間告訴小野：「須田勇樹遭人攻擊，手臂受傷。」森川和麻衣子聽到後也都臉色大變。
高間轉身對著麻衣子。

「但是，我們已經大致掌握了誰是兇手。而且，妳也知道誰是兇手，難道不是嗎？」

她深深地垂下頭。「我什麼都……」

「喂，高間，這是怎麼回事？」

森川語帶責備地問，但高間繼續說了下去。

「妳說謊是為了教育嗎？但已經沒有意義了，只會讓悲劇繼續延續，妳應該比別人更清楚這一點。」

「我……」

說到這裡，她整個人僵住。她張大眼睛，凝視著半空，雙眼隨即噙滿淚水，一行清淚順著臉頰滑落。

4

勇樹被送到本地大學醫院的外科診療室。高間和小野趕到時，名叫相馬的刑警正在等他們。

「他已經被送去三〇五病房，他媽媽也在。」

「受傷的情況怎麼樣？」

「在這裡，」相馬指著左手臂根部。「被利刃刺傷了，傷口並不是很深。他在離家大約三百公尺的小路上遭到攻擊，那裡的確很少有人經過。他說他正騎著腳踏車，那個人突然冒出來攻擊他。遇刺後他從腳踏車上摔下來大聲求救。兇手身高約一百七十公分，年紀三十多歲。他沒看清楚兇手的長相，對方在攻擊他時說：『上次是你哥，這次輪到你了。』」

「上次是你哥，這次輪到你了？」

高間用右手揉著左肩，下意識地嘆了一口氣。「凶器呢？」

「刀子就掉在旁邊的地上，是一把水果刀。刀子還很新，應該是爲了今天的行兇，最近才買的。」

相馬以略帶諷刺的口吻說：「目前鑑識課正在調查，上面並沒有指紋，和北岡明、須田武志身上的傷口也不一致。」

「有沒有目擊者？」

「沒有。」

相馬一臉無趣地說。

「是嗎？那我去看他一下，是三〇五病房吧？」

高間他們準備離去時，相馬說：「那就拜託囉。大家都很期待你，希望早日解決這起案子。」高間舉起右手回應。其他偵查員似乎都已經察覺到眞相了。

走廊上彌漫著醫院特有的消毒水味道，三〇五病房位在走廊的盡頭。高間站在病房門口深呼吸後，敲了敲門。來開門的是須田志摩子。

「啊，刑警先生……」

「妳受驚了。」高間平靜地說，志摩子臉色蒼白。武志被人殺害，勇樹又遭人攻擊，也難怪她會嚇得臉色發白。

「可以打擾一下嗎？」

「可以，請進。」

「打擾了。」

一走進病房，最先映入眼簾的是掛在牆上的學生制服。制服左肩有一個大洞，周圍染上了奇怪的顏色。應該是血跡吧。

勇樹躺在病床上，身上蓋著毛毯坐了起來。左肩上的繃帶看了讓人心疼。他看到刑警出現，神色有點緊張。

高間回頭看著志摩子說：

「不好意思，可不可以讓我們和妳兒子單獨談一下？因爲有事想要問他。」

「喔……是嗎？」

志摩子難掩訝異。想必剛才相馬做筆錄時，她也在旁邊，但她沒有多問。「那我去候診室，如果有什麼事再來叫我。」就走出了病房。

病房內只剩下勇樹和兩名刑警。

高間把手伸進西裝內側口袋拿菸，但立刻想起這裡是病房，又把手拿出來。他走到窗邊，看著窗外的風景。窗下是一片灰鼠色的瓦片屋頂，曬衣場的衣物隨風飄揚。

「傷口會痛嗎？」高間站在床邊問。

「有一點。」勇樹看著前方回答，他的聲音有點緊張。

「突然出現的嗎？」

「什麼？」

「兇手。刺傷你的兇手不是突然出現的嗎？」

「啊，對，沒錯。」

勇樹輕輕撫摸著包了繃帶的左肩。

「從左側出現的？還是從右側出現的？」

勇樹的嘴微微動了一下。「我記不清楚了。因爲太突然了，不知道他是從哪裡冒出來的。我騎著騎著……他就突然出現在面前，我慌忙煞車。」

「兇手就拿刀子攻擊你——你沒有記住他的長相吧？」

「因爲太突然了……然後又馬上逃走了。」

「是啊。他突然出現，然後又馬上消失，簡直就像幽靈。」

高間說，勇樹的眼神閃爍起來，右手用力握著毛毯。

「兇手說……上次是你哥，這次輪到你了。所以，我想應該是和殺我哥哥的兇手是同一個人。」

高間沒有回答勇樹的話，再度看著窗外。藍天下，不知道哪裡冒著灰色的煙。

「不，不是。」高間沒有看勇樹，靜靜地說，「殺你哥哥的人和殺害北岡的是同一人，割傷你手臂的另有其人。」

「不對……都是同一個人幹的。」

「不。」高間看著他的眼睛。「我們來這裡之前，去見了目擊殺害北岡兇手的人。因為某種原因，這個人之前都沒有說出這件事，現在終於說出眞相了。」

高間在病床旁的椅子上坐了下來，向勇樹探出身體。勇樹可能咬緊了牙關，他的嘴唇微微顫抖。

「兇手……就是須田武志。」

「騙人。」

勇樹用力搖頭。或許是太用力，造成了傷口疼痛，他的表情扭曲。

「你比任何人都清楚事實就是這樣，你哥哥殺害了北岡，然後自殺了。我剛才不是也說了嗎？殺害北岡的和殺死武志的是同一個人。」

「那我哥哥的右臂又要怎麼解釋？」

高間沒有回答他的問題，反問他：

「你認識東西電機的中條健一這個人嗎？」

勇樹搖搖頭。

「他是武志的親生父親。」

「什麼?……」

「武志在死前去見了他。」

「哥哥去找他爸爸……」

「我們也做了很多調查。」

高間暫時不想提牽涉到炸彈案的事，這些事要等勇樹心情平靜後再說。

「我們分析了這件事的背後意義，發現他可能是自殺，所以才會在死前去見自己的親生父親。然而他爲什麼要死?和北岡遇害有關嗎?這時，剛好聽到田島的猜測，於是，我確信是武志殺了北岡。」

「不，我哥哥不可能做這種事。」

勇樹旋轉身體背對著高間，他的背影微微顫抖。

「關鍵在於凶器，」高間說，「殺害北岡和武志的凶器是什麼?這才是關鍵。我太大意了，眞的太大意了。明明親眼目睹了放凶器的地方，卻沒有發現這一點。」

他從懷裡拿出一張照片放在勇樹的面前。那是向中條借來的照片，照片中中條和明代一起在做竹編工藝。

「這是你哥哥的親生父母。照片中的女人手上不是拿著小刀子嗎?那是用來削竹子和切竹子的，這就是這次一系列命案的凶器。」
勇樹看著照片不發一語，高間繼續說道：
「之前，你曾經給我看過武志最心愛的寶貝，就是他的親生母親留給他的遺物。裡面放著護身符、竹編人偶和竹編工藝的工具，但沒有這把小刀。爲什麼沒有？因爲這把小刀用來殺人後被丟掉了。我應該更早發現做竹編工藝時需要刀子，所以我剛才說自己太大意了。」
「但並沒有證據顯示用了這把刀吧？」
「不，有證據。昨天晚上，偵查員不是去你家借了幾件武志的遺物嗎？其中也包括了那個木盒子。檢查後發現有血液反應，而且和北岡的血型一致。顯然武志在殺了北岡後，曾經把小刀放回那個盒子。」
高間又調出以前的偵查紀錄，查到了須田明代割腕自殺時的凶器，果然也是那把小刀，上面記錄了形狀和尺寸。他把當時的紀錄拿給法醫看，法醫表示和北岡明、須田武志的傷口一致。
「可不可以請你說出實話？」
高間從椅子上站了起來，低頭看著勇樹。「我心裡很淸楚，你知道所有的一切，而且也是你鋸下哥哥的右臂。因爲除了你以外，沒有人會做這件事，應該說——」
高間繼續低聲說道：「除了你以外，武志找不到任何人幫這個忙。」

勇樹微微顫抖的背影突然僵住。高間低頭看著他，等待他開口。沉默的時間一秒一秒過去。有人跑過外面的走廊。

「這是……」

勇樹終於開了口。高間站在原地，雙手緊緊握拳。

「這是我哥第一次，也是最後一次拜託我。」

勇樹哭了起來。他用右臂掩著臉放聲痛哭，彷彿在宣洩內心的情緒。兩名刑警只能默默地看著他。

「那天，我放學回家後，看到桌上有一張字條。是哥哥的字跡。」

哭了幾分鐘後，勇樹慢慢地開始訴說。他的語氣很平靜，似乎已經拋開了所有的顧慮。

「字條上寫了什麼？」高間問。

「八點去附近麵店前的電話亭。」

「喔，原來是電話亭。你有去吧？」

「對。結果電話響了。」

高間點點頭，他並不感到意外。武志和中條聯絡時，也採用了相同方法。

「你哥哥在電話中說什麼？」

「他叫我三十分鐘後，帶大塑膠袋和報紙去石崎神社後方的樹林，還說絕對不要讓別人看到。我問他爲什麼？他沒有回答，只說去了就知道了。最後說『好，那我等你』。」

「好，那我等你……嗎？」

「到底是什麼事？我八點三十分準時出門時還很納悶。」

勇樹凝望著遠方，說出了之後的事。

5

即使在大白天，石崎神社附近也沒什麼人，晚上九點以前四周便一片漆黑，一個人走在附近都會心生害怕。勇樹按武志的指示，帶著塑膠袋和報紙走上長長的坡道。坡道前方隱約露出燈光，那是石崎神社內的常夜燈。勇樹走向那個方向，雖說已經四月了，但夜晚還是有點冷。

穿過鳥居來到神社內，發現四周空無一人，勇樹繼續往前走，站在賽錢箱前左顧右盼，在燈光所及的範圍內都沒有見到人影。

——哥說會在神社後方的樹林等我。

他覺得哥哥約的地方眞奇怪。或許是因爲在進行特別的訓練，但沒有燈光要怎麼練？

走過正殿旁來到神社後方，四周突然暗了下來，伸手不見五指。他慢慢往前走，眼睛漸漸適應了黑暗，松林後方是一片空地。月光照在空地上，甚至可以清楚看到地上的石頭。

「哥，你在哪裡？」

他呼喊著，卻沒有聽到回應，只有自己的聲音在黑暗中飄蕩。

勇樹走了幾步後停了下來，他看到有一個人影蜷縮在前方一個巨大的松樹下，那個運動服的背影很熟悉。一定就是武志。

「你怎麼了？」

勇樹問道，但武志一動也不動。勇樹以爲他難得在開玩笑。

「哥，你到底在幹嘛……」

勇樹沒有繼續說下去，因爲他看到了武志的右手。他的右手似乎拿著一把刀，鮮血染紅了他的手掌。

勇樹覺得有什麼東西快速衝上喉嚨，他急忙跑向武志。武志盤腿而坐，身體微微前傾，勇樹扶直他的身體，快要凝固的血一下子從下腹部流了出來。

勇樹內心深處的某種東西爆發了，他放聲大叫。這明明是自己的聲音，卻好像是從另一個世界傳來的。不光是聲音，眼前所有一切都開始變得不眞實。

看到武志張得大大的眼睛，終於讓他鎭定下來。看到武志的眼睛，勇樹無法再發出聲音。那雙眼睛好像在訓誡他：「不要吵。」

「哥，怎麼會這樣？」

勇樹把手靠在武志的背上哭泣，他淚流不止。

勇樹哭了一陣子，發現旁邊放了一張白紙，那是一張摺起來的便箋。第一行寫著「致勇樹」。

「我的制服口袋裡有護身符的袋子，能不能拿給我？」勇樹說。

小野刑警馬上俐落地拿了出來。

「裡面有我哥哥的信。」

「我們可以看嗎？」高間問。

「可以，請看吧。」勇樹回答。

致勇樹：

因為時間所剩不多，所以我簡單扼要地寫下重點。雖然對你來說，看這些內容很痛苦，但懇請你忍耐，並把信中所寫的一切埋藏在心裡。

我殺了北岡。

我殺他當然有原因，但沒必要寫下來，即使你知道也沒用。

眼前最重要的不是這件事。

現在最重要的，是警方很快就會知道我就是兇手，到時候，我們的未來就會毀於一旦。我們從小共同建立起來的東西都會崩潰，我會被關進監獄，你也沒有前途可言，媽媽更會極度悲傷。

為了避免這種情況發生，必須布一個局，讓人覺得我絕對不可能是兇手。我想到了一個方法，這也是唯一的方法。

唯一的方法，就是我也被其他人殺害。北岡遭人殺害後，須田也遭人殺害，警方一定會認為是鎖定開陽高中的投手和捕手的連續殺人案，而且會認為是同一殺手所為。這麼一來就不會懷疑是我殺了北岡，你和媽媽也不會因為是殺人犯的家屬而被人指指點點。

我對這個世界並沒有留戀，唯一的遺憾，就是還無法報答媽媽。她對我視如己出，辛苦養育我長大，我只能用一輩子回報她的恩情。我打算好好報答她，所以我選擇了棒球做為報恩的手段。

事到如今，我已經沒有能力報答她了，雖然給她添了麻煩，就這樣離開她著實令我痛苦不已，但也無可奈何。

只能把一切託付給你了。幸好你和我不一樣，你繼承了爸爸的聰明，一定會給媽媽帶來幸福。如果再晚一年，我就可以帶一筆錢回家給你們，但我最後還是沒做到。

我知道自己很對不起你們，希望你們像之前一樣，母子兩人相互扶持下去。雖然我是家中長子，但我身為長子，卻無法為這個家做任何事。從今以後，你就是家中的長子，希望你連同我的份好好盡長子之責。

沒有時間了。

所以，我要死了。這是我為自己所做的事做一個了斷，但這不是世人所說的自殺。我有一個最後的請求，希望你協助我完成這件事。我知道做起來有點辛苦，但你要鋸下我的右手，然後藏到絕對不會被人找到的地方。這麼一來，看起來就像是他殺了。我旁邊有一把鋸子，就用它鋸下我的右臂。

記住一件重要的事，一定要鋸右臂。不是左臂，也不是右腳。原因我就不多解釋了，務必嚴格遵守。

鋸子和小刀也要和右臂一起丟掉，一旦被人找到，我精心策劃的計畫就泡湯了。

我言盡於此，相信你一定無法接受，但請你務必忍耐。相較於你未來的人生，這些事的真相根本微不足道。日後當你回想起我時，不妨就認為我被妖魔附身後死了。而這個妖怪的名字，不妨稱之為魔球吧！如果我沒有遇到這個妖怪，或許會試著思考其他的方式解決問題。

最後，我要謝謝你。多虧有你，我才可以放鬆心情，遇到痛苦也可以咬著牙忍耐，我由衷地感謝你。

該寫的都寫完了，我現在最擔心的，就是你能不能順利完成我交代的事，但我相信你一定可以做到。

萬事拜託了。

武志

勇樹看著白色信箋上的遺書，忍不住淚流不止。信上的字漸漸模糊，拿著信箋的手也微微發抖。

萬事拜託了——

最後一句話重重地打在他的心靈深處。以前從來沒有拜託過他任何事的哥哥，在生命的最後一刻，提出了這個要求，也很像是武志會提出的要求。

勇樹把遺書放進長褲口袋，用衣服袖子擦擦眼淚站起來。沒有時間了——哥哥說得對。如果不趕快進行，武志用自己的生命所策劃的一切可能會泡湯。

正如遺書上所寫的，松樹旁放了一把折疊式鋸子。那似乎是武志買的，上面還掛著價格標籤。

勇樹脫下毛衣和長褲，再脫下鞋子。他拿起鋸子，將鋸子對準了武志右臂根部。這時，他又看了哥哥一眼，武志似乎在對他說：「快動手。」

勇樹閉上眼睛，用力拉著鋸子。鋸子發出「滋」的聲音，很快就卡住了。勇樹戰戰兢兢地張開眼睛，發現鋸子卡到衣服，只拉了五公分左右。他從武志手上拿下小刀，先把衣服的袖子割了下來，露出武志肌肉飽滿的肩膀。

勇樹再度拉扯鋸子，這次終於鋸破了皮膚。爲了擺脫恐懼，他拚命拉著鋸子，但很快又卡住了。皮膚和肉卡到了鋸子的刀刃。

之後，他不顧一切、發狂地拉動鋸子。一次又一次地調整鋸刀的位置，不時擦去卡在鋸子刀刃上的肉，拭去鋸子上的鮮血。

不知道過了多久，當他終於鋸下武志的右臂時，已經大汗淋漓，身心都疲憊不堪。中途有好幾次差點嘔吐，他都咬緊牙關挺住了。

四周都是血。勇樹從血泊中撿起右臂，放進帶來的塑膠袋裡，再連同鋸子和小刀一起用報紙包了起來。這時，勇樹才終於知道，爲什麼武志叫他帶塑膠袋和報紙來這裡。

勇樹的手腳都濺到了血，所幸襯衫和長褲並沒有太髒，但襪子沾滿了血，他也用報紙包了起來。

然後，他用武志的衣服擦了擦自己的腳底——雖然他有點內疚，但覺得武志會原諒他——然後，他穿上毛衣和長褲，光著腳穿上了運動鞋。

由於他剛才鋸手臂時脫下了鞋子，現場留下了襪子的痕跡。勇樹小心謹慎地消除了痕跡，也儘可能消除了球鞋印，但他覺得球鞋的腳印沒有太大的關係，因爲武志和勇樹穿相同的鞋子，尺寸也一樣大小，而且都是最近剛買的，磨損的情況也不會有太大的差別。

準備離開現場時，勇樹腦海中浮現出一個想法。當時，他覺得是妙計。於是，他在武志身旁的地上寫下了「魔球」，才轉身離開。

接下來，他忘我地進行武志交代的事，小心翼翼地回到家，一路上都避免被人發現。他知道志摩子還沒有回家，用報紙包起的東西暫時藏在住家附近垃圾桶後方，今天晚上一定可以找到機會處理掉。之後勇樹脫下衣服，檢查身上有沒有弄髒，幸好襯衫只有肩膀附近有少許血跡，志摩子應該不會察覺有異。他發現指甲裡都沾到了黑色的血垢，一定是因爲剛才擦鋸子刀刃的關係。他覺得應該洗不掉，所以用指甲刀把指甲剪短了。

不久之後，志摩子就回家了。

6

「因爲哥沒有回家，我自然就能出門去找他。我假裝去神社，中途撿起報紙包起的那包東西，直接去了逢澤川。我把那包東西放進帶去的另一個塑膠袋裡，撿起地上的石頭裝滿了塑膠袋，從橋上丟了下去。我不敢保證不會被找到，但除此以外，我想不到其他方法……幸虧我運氣好，所以直到今天都沒有被人發現。」

勇樹重重地吐了一口氣，那是把一切全盤托出後的嘆息。

「這就是那天晚上所發生的一切。」

勇樹的臉上已經沒有痛苦。

高間聽完他的話，又看了一遍武志的遺書。雖然遺書的內容很平淡，但高間可以充分感受到武志的痛苦。

「我只想問一件事，你爲什麼要留下那些字？爲什麼要寫下『魔球』？」

勇樹垂下眼睛，輕輕搖了搖頭。

「現在回想起來，才發現我做了蠢事。當時，我努力思考有沒有什麼方法可以查明眞相？『魔球』正是唯一的線索。但我完全不知道是怎麼一回事，所以才會在現場寫下。我想，警方應該會展開調查，只要知道警方調查的內容，就可以知道眞相。只有我一個人知道眞相。只要大家都認爲哥哥是被害人，就不必擔心警方會知道眞相。」

然後，勇樹又滿臉懊惱地小聲說：「爲什麼我會有那種想法？」

他再度陷入了沉默，但這次的沉默並不如剛才一般沉重苦悶。他該說的都說完了，感覺只是休息一下。小野在一旁忙碌地做著筆記，聽到小野終於寫完時，高間問：

「你瞭解眞相了嗎？」

勇樹停頓了一下說：「對，我知道了。」

「但你擔心被查出眞相，爲了讓我們以爲另有兇手，所以才想到這麼瘋狂的舉動嗎？」

高間指著勇樹包著繃帶的左肩。「甚至故意傷害自己的身體。」

「太晚了，」勇樹搖著頭。「一切都太晚了。」

「我認爲結果都一樣。可不可以請你告訴我們你所瞭解的眞相？」

勇樹露出慵懶的微笑。

「你們不是已經知道了嗎？」

「我想聽聽你的意見，」高間問：「沒問題吧？」

勇樹再度沉默了一下，輕輕點了點頭。

「聽了田島學長的話，我一切都明白了。」

「他說的關於右臂的事吧？」

「對，北岡哥應該打算和森川老師商量哥哥右臂的事。那天晚上，北岡哥是爲了這件事才出門的。」

「你哥哥知道這件事嗎？」

「不，」勇樹搖了搖頭。「我猜想他不知道。哥哥應該叮嚀過北岡哥，請他不要把自己右臂出問題的事告訴別人，然而北岡哥不忍心隱瞞這件事，讓哥哥繼續投球，所以他決定去找老師，但他並不是沒有向我哥打招呼。我猜想他可能在石崎神社的某個地方留了一張字條，說要找老師討論。」

高間點點頭，這一點和他的推理大致一致。

「我哥看到字條……爲了阻止北岡哥，立刻追了過去。我哥……不想讓別人知道他右臂出了問題，一旦被人知道，他就無法進入職棒，所以，可能一時衝動就殺了北岡哥。」

勇樹說完後，用右手食指和大拇指按著雙眼的眼頭。

高間閉上眼睛，左右轉動脖子，發出咔、咔的聲音。外面又有人在走廊上奔跑。

「的確，」他張開眼睛。「武志的確不想讓別人知道他右臂的事，至少在進入職棒之前，他想要隱瞞這件事。」

高間已經向蘆原確認過這些事，蘆原也察覺到武志的右臂出了問題。

「武志知道自己的右臂無法再恢復了。那時候，他已經不太能投快速球了，但他仍然設法隱瞞這一點以進入職棒，因爲他爲棒球努力了多年。於是，他希望藉由得到其他的秘密武器，隱瞞他手臂出問題這件事。新武器就是他在遺書上寫的『魔球』。他雖然希望可以進入職棒打球，但似乎也已經做了最壞的打算，至少希望拿到簽約金。拿到一大筆簽約金，就可以讓你和你媽媽過好日子。聽那名球探說，你哥哥很希望儘快簽下進入職棒的合約，可見他多麼害怕被人知道右臂已經出了問題。」

即使右臂一輩子都動不了也沒關係，但簽下進入職棒的合約前必須隱瞞這件事。

對我來說，棒球就是這麼一回事——武志這麼告訴蘆原。蘆原也因爲身體因素不得不放棄對棒球的夢想，所以武志的這番話感動了他。他向武志保證，無論發生任何事都絕對不會告訴別人。

「武志當然也和北岡做了約定，絕對不能向別人透露他的右臂出了問題，所以當北岡去找森川老師商量時，他一定很受打擊。但是——」

高間停頓了一下，盯著勇樹的臉。「武志並不會因爲這樣就產生殺機，他不是那麼低級的人，只是無法原諒北岡沒有遵守和自己的約定——你知道武志進入少棒隊不久發生的手套事件嗎？」

勇樹說他不知道，高間就把從少棒隊領隊口中得知的事告訴了他。

「原來曾經發生這種事。」勇樹低聲自言自語。

「我認爲那起事件象徵了你哥哥的強烈個性，他覺得必須報復沒有遵守約定的人。所以那次割壞了棒球手套，這一次，他試圖刺殺北岡的愛犬以進行報復。」

「啊！」勇樹輕聲驚叫起來。

「沒錯，武志的目標是狗。他一定打算在刺殺狗之後逃離現場，但北岡憤而反擊，追上武志後，兩個人扭打起來，結果武志的小刀不小心刺中了北岡的腹部。」

高間告訴勇樹，北岡命案現場附近有打鬥的痕跡。

「案發當時，就已經查明兇手是先殺狗再殺人。至於原因，大家有各種不同的推論，但每個推論都有無法解釋的地方，不過，剛才的解釋應該合情合理。」

高間說完後，病房內再度陷入一片寂靜。遠處傳來鐘聲，可能是哪一所小學的鐘聲。

「哥哥他，」勇樹茫然地望著窗外。「永遠都是一個人。」

終章

マキュウ

傍晚突然下起了雨。

高間沒有帶傘，只能把手帕放在頭上一路奔跑。在沒有鋪柏油的路上奔跑，泥水不斷濺到褲腳上，但至少可以讓剛買的上衣少淋一點雨。

來到目的地後，他用力敲著門。屋內的應答很有精神，森川爲他開了門。

「喔，突然下雨了。」

「被淋得像落湯雞，所以我向來討厭梅雨季節。」

「刑警不是都要四處跑嗎？帶傘出門是常識吧？」

「平時的衣服即使被雨淋了也沒有關係。對了，我帶了威士忌。」

高間拿出酒行的袋子。

「讓你破費了，我準備了啤酒。」

走進房間後，高間把上衣掛在衣架上，用森川遞給他的毛巾擦完頭髮和長褲後，在榻榻米上盤腿而坐。

森川正在廚房準備啤酒和杯子，高間對著他的背影說：

「今年夏天眞遺憾啊。」

「夏天？喔，你是說甲子園的選拔大賽。」

森川落寞地笑了笑，拿著啤酒走過來，爲高間倒酒時說：

「小事一樁，我內心的高中棒球也畫上了句點。不過，至少在心裡留下了愉快的回憶。我之前好像也這麼說過？」

「對，有聽過。」高間也爲森川倒啤酒。

開陽高中棒球社日前宣布將不參加今年夏天的選拔賽和未來一年的正式比賽，理由是因爲發生了多起造成重大影響的事件，給各方造成了極大的困擾。雖然媒體對命案表示同情，但校方還是決定，在高中棒球聯盟作出裁決之前主動退出比賽。

森川同時辭去了棒球社領隊一職，田島和其他三年級學生也提早退出社團。

「你之後有什麼打算？」高間問。

「現在還沒有去想這些問題。」

不一會兒，壽司店送來了大盤的上等壽司。森川把壽司放在矮桌上，告訴高間這家壽司店的材料很棒，然後，又爲高間的杯子裡倒了啤酒。

「對了，她有沒有和你聯絡？」

高間把鮪魚捲放進嘴裡後問。

「她有寫信給我，差不多一個星期前。現在好像過得很悠哉。」

「工作呢？」

「目前她住在阿姨家，好像在幫忙做蕎麥麵。」

「是喔。」

高間不知道該表達怎樣的感想，只能低頭吃壽司、喝啤酒。

命案為很多人帶來了悲傷，手塚麻衣子也是其中一人。如果她那天晚上沒有遇見武志和北岡，她就不會和森川分手。

那天晚上，麻衣子離開這裡騎上腳踏車，沿著堤防回家。她先看到了北岡，從北岡的身後超越了他。

接著，她發現前方有人迎面走來。第一次她說因為沒有打開腳踏車的燈，所以沒有看清楚對方的臉，但事實並非如此，她打開了腳踏車的燈，也看到了那個人。對方就是棒球社的須田武志。

命案發生後，只有她知道誰是兇手，但她不知道該不該告訴警察。武志也是她的學生，她認為應該設法讓他自首，這是身為教師的義務。如果向警方出賣他，那些充滿偏見的資深教師一定會大肆指責，說什麼年輕女老師果然沒有認眞思考什麼是教育。

如何設法讓武志自首？她首先想到找武志談一談，當面說服他，但又覺得如果命令他去自首，可能會傷害他的自尊心，她希望武志可以憑自己的意志去自首。

這時，警方得知了她在那天晚上的行蹤，向她瞭解情況。她想到了一個錦囊妙計。只要讓武志一個人知道，她那天晚上曾經看到他就好。於是，她說了第一次的證詞。

「因為我沒有打開腳踏車的燈，所以沒看到對方的臉，如果我打開了燈，絕對可以看到對方。」

聽棒球社的田島說，她也曾經當著武志的面說過這句話。武志應該知道她在說謊，也確信她看到了自己。

如果他決定自首，當然就不會有後續的問題，但武志採用了其他的方法。

在武志的屍體被人發現的那天早上，麻衣子在家中收到一封信。是武志寫給她的，上面寫著以下的內容。

「我會用自己的方式負責。爲了我的家人，希望妳絕對不要說出那件事，萬事拜託了。」

麻衣子有一種不祥的預感，但當時還沒有明確瞭解到事態的嚴重性。直到去了學校，得知武志的死訊後，才終於瞭解。她深受打擊，當天提前離開了學校。

麻衣子不知道自己採取的方法是對是錯，由於引發了新的悲劇，顯然不能說是正確的決定。

於是，她決定休息一段時間。她沒有心情考慮和森川結婚的事，也不想結婚。由於雙方都是老師，她覺得看到他的臉也是一種痛苦。

請你給我一點時間——她就這樣離開了森川。

「那來播放吧。」

壽司吃掉一半時，森川站了起來。他從壁櫥裡拿出一個像是皮製包包的東西，打開蓋子，裡面是一台放映機和八毫米的膠片。高間今天來森川家，就是爲了看這部片子。

「是攝影社的人拍的，原本打算在校慶的時候播放，現在只能取消了。他們要我轉交給須田的媽媽，所以暫時放在我這裡。」

「原來是這樣。」高間恍然大悟。

森川調整了光球的角度，把拉門當成銀幕，然後關了日光燈。對準焦點後，拉門上出現了用毛筆寫的「銳不可當　開陽棒球社的奮鬥」幾個大字。

畫面上出現了一張熟悉臉龐的特寫。是開陽的校長，他在棒球社成員面前說話。

「那是去甲子園之前的激勵會。」森川向高間說明。

接著，又拍到棒球社成員在巴士上的表情。高間曾經見過其中幾個人好幾次。田島、佐藤、直井和宮本。武志和北岡坐在一起，他們沒有看鏡頭，而是看著窗外，北岡不知道覺得什麼事很有趣，笑得很開心。高間這才發現這是他第一次見到北岡生前的樣子。

鏡頭又轉到他們住宿的地方、森川的臉。棒球社成員一臉嚴肅地聽他說話，似乎是比賽前的訓示。

「沒想到他們連這個都拍，我一點都不知道。」

森川醍腆地把啤酒喝乾了。

畫面突然轉到教室。學生都全神貫注地聽著校內廣播轉播的比賽實況，手塚麻衣子也在教室內，畫面拍到了她一臉緊張的特寫。

「聽說他們用了四台攝影機拍下了各種表情，其中一台留在學校，然後再剪輯整理。」

「顯然是這樣。」

鏡頭又拉回球場。開陽的三名打者在場上沒有良好的表現就出局了。休息區的球員表情、加油團滿臉失望。

這時，突然拍到了武志準備投球的姿勢，敵隊打者揮棒落空。拍攝技巧很不錯。記分板上是一整排的零。

「當時的緊張又回來了。」在開陽即將得到寶貴的一分時，森川說道。在四壞球之後，對方又出現接球失誤，開陽隊適時敲出一記安打順利得分。休息區和加油團歡天喜地，學校的學生也欣喜若狂。

武志在之後的投球都相當出色，記分板顯示已經來到第九局下半。由於隊友失誤連連，武志面臨對手滿壘的困境。他投了第一球、第二球。記分板上顯示兩人出局，三人在壘上。

高間拿著杯子探出身體。

武志投球的身影佔滿了整個畫面。打者揮棒落空，球滾落在地。北岡追著球跑，跑者滑進了本壘——

「暫停一下。」

高間叫道。

「暫停？馬上就結束了。」

「不，我想再看一次。可不可以倒回武志投最後一球的地方？」

「當然沒問題。」

森川將放映機倒帶後，在武志投最後一球前停了下來。

「從這裡開始嗎？」

「好，可不可以用慢動作播放？」

「可以。」

影像開始緩慢播放。武志用力揮下舉起的手臂——

「停。」高間叫了起來，森川趕緊按了暫停。畫面捕捉到武志投球後的樣子。

「怎麼了？」森川問。

「武志的表情，你不覺得他痛苦地扭曲著嗎？」

「表情？」

森川也起身仔細看畫面。「搞不清楚，也可以這麼解釋。他的表情很重要嗎？」

「不，」高間搖了搖頭。「沒事，只是有點在意。」

「你眞奇怪。」

森川再度播放影片。畫面中的甲子園爲亞細亞學園戲劇性的反敗爲勝沸騰起來。

高間喝著啤酒。拿在手上太久，啤酒已經變得有點溫熱了。

——武志是否在那一剎那感到右臂一陣劇痛？

高間望著黑白的影像陷入思考。

蘆原也曾經說，武志偶爾會感到右手疼痛發麻。

武志到底有沒有完成「魔球」？是否已經完成，在相信其威力後，投出了最後一球？

——也許……

也許「魔球」還沒有完成。高間心想。雖然沒有完成，但武志在最後的局面孤注一擲，試投了那一球？

——結果……

高間回想起蘆原對自己「魔球」的描述。他的手指也受了傷，因此「魔球」在和他自主意志無關的情況下誕生了。他還說，那是上天心血來潮送他的禮物。

那球是不是也一樣？

會不會是上天送給把青春奉獻給棒球的武志唯一一次的「禮物」……？

然而如今已經無人瞭解眞相。

影片即將接近尾聲，畫面上出現了在休息區長椅前列隊的選手。

武志仰望著天空。

他在天空的彼端看到了什麼？

同樣也沒有人知道——

⊘

四月十日（日）

最近經常想起哥哥的事，可能是因為老大參加了中學棒球社的緣故。每當看到兒子穿著制服的身影，我就會心跳加速。

二十四年過去了。

我決定不去思考哥哥的選擇是否正確。既然哥哥認為那是最好的方法，一定就是那樣。同時，我對自己的行為也不感到後悔。因為，那是我當時的最佳選擇。

媽媽年紀大了，目前整天陪著第三個孫子，小孩子一天比一天調皮搗蛋，不過，媽媽看起來很快樂。

但是我知道，媽媽有時候會突然凝望遠方，我也知道她在看什麼。因為，她所看到的和我一樣。從今以後，無論再過多久，都不會從我們的心中消失。永遠不會消失。因為曾經有一個人為了保護我們，賭上自己的青春，奉獻了自己的生命。

——**摘自須田勇樹的日記**

☐集滿4個印花贈品（二款任選其一）：

A：【推理謎】LOGO皮質燙銀典藏書套一個

（黑色，25開本適用，限量1000個）

B：【推理謎】吉祥物『獨角獸』圖案皮質燙金典藏書套一個

（咖啡色，25開本適用，限量1000個）

☐集滿8個印花贈品（二款任選其一）：

C：【推理謎】LOGO皮質燙金證件名片夾一個

（紅色，11.5cm x 8.6cm，限量500個）

D：【推理謎】吉祥物『獨角獸』圖案環保購物袋一個

（米色，不織布材質，41.5cm x 38.6cm，限量1000個）

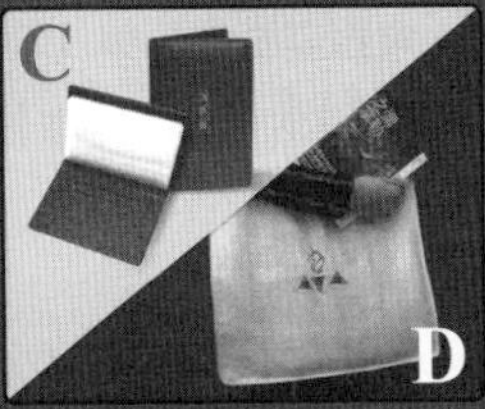

☐集滿12個印花贈品（二款任選其一）：

E：【推理謎】LOGO不鏽鋼繩鑰匙圈一個

（限量500個）

F：【推理謎】吉祥物『獨角獸』圖案馬克杯一個

（白色，320cc容量，限量500個）

謎人俱樂部會不定期推出最新限量贈品提供兌換，
請密切注意活動官網和粉絲專頁。

?

【注意事項】

◎本活動僅限台灣地區讀者參加。

◎贈品兌換期限自即日起至2023年12月31日止（以郵戳為憑）。

◎贈品圖片僅供參考，所有贈品應以實物為準。

◎所有贈品數量有限，送完為止。如讀者欲兌換的贈品已送完，皇冠文化集團有權直接改換其他贈品，不另徵求同意和通知。贈品存量將定期在【謎人俱樂部】活動官網上公佈，請讀者在兌換前先行查閱或直接致電：（02）27168888分機114、303讀者服務部確認。

◎皇冠文化集團保留修改或取消謎人俱樂部活動辦法的權利。辦法如有更動，將隨時在【謎人俱樂部】活動官網上公佈。

國家圖書館出版品預行編目資料

魔球【初心珍藏版】/ 東野圭吾著；王蘊潔譯. --
初版. -- 臺北市：皇冠, 2022.09
面；公分. --（皇冠叢書；第 5048 種）(東野圭吾
作品集；12)
譯自：魔球

ISBN 978-957-33-3934-2（平裝）

861.57　　　　111012256

皇冠叢書第 5048 種
東野圭吾作品集 12
魔球【初心珍藏版】
魔球

作　　者—東野圭吾
譯　　者—王蘊潔
發 行 人—平雲
出版發行—皇冠文化出版有限公司
台北市敦化北路 120 巷 50 號
電話◎ 02-27168888
郵撥帳號◎ 15261516 號
皇冠出版社（香港）有限公司
香港銅鑼灣道 180 號百樂商業中心
19 字樓 1903 室
電話◎ 2529-1778　傳真◎ 2527-0904
總 編 輯—許婷婷
責任編輯—蔡維鋼
行銷企劃—蕭采芹
美術設計—鄭婷之、單宇
著作完成日期— 1991 年
二版一刷日期— 2022 年 9 月

法律顧問—王惠光律師

讀者服務傳真專線◎ 02-27150507
電腦編號◎ 527109
ISBN ◎ 978-957-33-3934-2
Printed in Taiwan
本書定價◎新台幣380元/港幣127元

謎人俱樂部贈品兌換卡

我要選擇以下贈品（須符合印花數量）：□A □B □C □D □E □F

1	2	3	4
5	6	7	8
9	10	11	12

【個人資料蒐集、利用及處理同意條款】

您所填寫的個人資料，依個人資料保護法之規定，皇冠文化集團將對您的個人資料予以保密，並採取必要之安全措施以免資料外洩。您對於您的個人資料可隨時查詢、補充、更正，並得要求將您的個人資料刪除或停止使用。

本人同意皇冠文化集團得使用以下本人之個人資料建立該集團旗下各事業單位之讀者資料庫，做為寄送出版或活動相關資訊、相關廣告，以及與本人連繫之用。本人並同意皇冠文化集團可依據本人之個人資料做成讀者統計資料，在不涉及揭露本人之個人資料下，皇冠文化集團可就該統計資料進行合法地使用以及公布。

□同意　　□不同意

我的基本資料

姓名：＿＿＿＿＿＿＿＿

出生：＿＿＿＿ 年＿＿＿＿ 月＿＿＿＿ 日　　性別：□男 □女

職業：□學生 □軍公教 □工 □商 □服務業

□家管 □自由業 □其他＿＿＿＿＿＿＿＿

地址：□□□□□＿＿＿＿＿＿＿＿

電話：（家）＿＿＿＿＿＿＿＿（公司）＿＿＿＿＿＿＿＿

手機：＿＿＿＿＿＿＿＿

e-mail：＿＿＿＿＿＿＿＿

我對【東野圭吾作品集】系列的建議：

寄件人：

地址：□□□□□

北區郵政管理局登
記證北台字1648號
免 貼 郵 票

〔限國內讀者使用〕

10547

台北市敦化北路120巷50號

皇冠文化出版有限公司 收